有爱的青春陪伴者

对你深深的喜爱
虽迟但到

许你深深欢喜

生姜 著

中国致公出版社

图书在版编目(CIP)数据

许你深深欢喜 / 生姜著 . -- 北京 : 中国致公出版社 , 2020
 ISBN 978-7-5145-1673-9

Ⅰ. ①许… Ⅱ. ①生… Ⅲ. ①长篇小说 – 中国 – 当代 Ⅳ. ① I247.5

中国版本图书馆 CIP 数据核字 (2020) 第 093317 号

许你深深欢喜 / 生姜 著

出　版	中国致公出版社
	（北京市朝阳区八里庄西里 100 号住邦 2000 大厦 1 号楼西区 21 层）
出　品	大鱼文化
发　行	中国致公出版社（010-66121708）
作品企划	大鱼文化
责任编辑	简鸣琅
特约编辑	魏归期
装帧设计	蔡　璨
印　刷	长沙鸿发印务实业有限公司
版　次	2020 年 10 月第 1 版
印　次	2020 年 10 月第 1 次印刷
开　本	880mm×1230mm 1/32
印　张	8.5
字　数	206 千字
书　号	ISBN 978-7-5145-1673-9
定　价	36.80 元

版权所有，盗版必究（举报电话：010-82259658）
　（如发现印装质量问题，请寄本公司调换，电话：010-82259658）

目录
CONTENTS

第一章 · 001
心心念念的小竹马

第二章 · 022
我是捡了只流浪猫回来吗

第三章 · 043
与你两个人的生活

第四章 · 063
对你的喜欢,天地可鉴

第五章 · 087
你笑起来,真像好天气

第六章 · 108
是不太一样了

第七章 · 130
你是对的人

目录
CONTENTS

第八章·153
打算对他得寸进尺

第九章·175
带你看星星

第十章·194
惊天地泣鬼神的关系

第十一章·215
一定要好好在一起

第十二章·233
学长，你能和我谈个恋爱吗

第十三章·253
他胜过漫天星光，胜过深海万里

番外·262
每一天都很喜欢你

第一章

心心念念的小竹马

Xinxi Shenshen Huanxi ♡

白 T 恤，牛仔裤？

不行，好像太过于校园风了，像是高中生。

长裙，高跟鞋？

会不会太成熟了一些……

江市的夏天向来不怎么惹人喜欢，四面八方携裹而来的闷热气息覆盖了整个城市。往常春季里绵绵不绝的雨倒噤了声，自夏天来临就没有光顾过一次。

深绿的树叶岿然不动，瞧不见一丝风的痕迹。正午的阳光明晃晃的，刺得人睁不开眼来。宿舍干干净净的地板落上从窗台透进的阳光，显得更加燥热。

J 大女生公寓 302 宿舍，一向最整洁干净的床铺，此刻七零八散地堆积着衣服，而床铺的主人程荑正站在穿衣镜前，思索如何才能让多年不见的小竹马眼前一亮。

只是还没等她选好战衣，米璐就打来了电话，让她务必来知慧楼江湖救急。

米璐作为 J 大学生会成员，正在筹备与建筑系系学生会共同举办的讲座。程荑一早听说这个讲座有邀请到国内知名建筑学家梁教授以及他年少成名的学生，还有来自伦敦某学校的交流团队，结束后会有针对讲座成员的采访，然而采访稿却被米璐落在了宿舍。

程荑念了某人几句丢三落四，放下衣服拿起米璐书桌上的稿件，出了门。到达礼堂的时候，讲座几近结束，正是自由提问时间。

程茵猫着腰潜到第一排，把稿件塞给米璐后就要离开。不料身下的椅子发出一声刺耳的响动，在安静的礼堂里格外突兀。

唯一站着的程茵瞬间成了礼堂内所有人的焦点，程茵回头，台上的教授和老师们也通通把视线善意地放在她身上。

程茵维持着怪异的姿势尴尬地眨了眨眼，听见老师问："这位同学，你还有什么问题吗？"

……

作为非建筑系的学生，她能有什么问题？

后排的女生小声给她出招："八卦感情状况啊，感情状况！问沈迟的感情问题啊！这位同学！"

沈什么？

不管了，程茵如得救星般问："我想问，沈……沈先生，你目前的感情状态是？"

"不是我故意八卦的，我是被大家委以重任才问的。"程茵说完就觉得不妥，赶忙补充了一句，头已经埋了下来。她身后响起一片"是是是"的附和声。

大学氛围向来轻松，主持人看着再度活跃起来的气氛，笑着把话筒递给沈迟。

磁性的声音透过话筒传来，沈迟淡淡道："这位同学这么有兴趣……"

程茵听见这样的声音，忍不住看向坐在一众老教授中间的年轻人。他穿着整齐的西装和白衬衫，袖扣精致，再往上看，轮廓清晰，五官凌厉，目光也是淡淡的。

他声音微凉,整个礼堂都安静下来。

"但这是私人问题,如果你真想知道答案,可以等会议结束私下问我。"

学生们没想到咨啬言辞的沈大建筑师竟会开玩笑,纷纷看着程荑笑了起来。程荑无语凝噎,自己江湖救急,结果倒闹了场乌龙。

讲座结束后,沈迟随同梁教授一起等学生全部散去才离开。梁教授年过花甲,头发斑白,却笑容似儿童,有颗年轻之心。他看着自己的学生,八卦道:"刚才人家小姑娘问的,你还没和老师我说过。"

"没什么可说的。"

"你认识刚才问问题那丫头?"梁教授问,"我可没见过你随便和人开玩笑。"

手机上是母亲发来的照片和手机号,沈迟看了一眼,才抬头说:"她是我以前的邻居。"

曾经一见不到自己就红鼻子,哭得天昏地暗的小女孩,如今倒是完全不记得自己了。沈迟失笑,向梁教授告别:"老师,我还要接个人,就先走了。"

米璐刚忙完讲座的收尾工作,满头大汗地推开宿舍门后,就看到程荑正拿着长裙站在穿衣镜前比画。

米璐倚着宿舍门,调侃道:"程荑同学,你这么大阵势,是准备征战'闲鱼',还是另有隐情?快从实招来。"

程荑换上白色棉麻裙,踩上帆布鞋,回头说:"你猜?"

"肯定是要去见哪个野男人了。"米璐啧啧两声,绕着她走了一圈,"你不仅洗了头,还化了妆。"

当代女大学生约会最高礼仪：一出门，二洗头，三化妆。只有最重要的人才配得到最高待遇。

程荑撩了一下头发："火眼金睛，在下不得不服。我吧，准备赴约我的小竹马。"

"喊。"米璐瞬间没了兴趣，"陈桉啊？不是吧，我可记得你之前还穿着睡衣去见他呢。"

"不不不，此青梅竹马非彼青梅竹马，更何况，陈桉算什么竹马。"程荑嫌弃道，随后拎起包就走。

十分钟后，程荑站在 J 大校门外的喷泉旁，水声淅淅沥沥，白晃晃的阳光穿过，似她的心情，焦灼又期待。

手机铃声响起时，她还在回想关于小竹马的信息。

沈迟，二十三岁，毕业于 A 大。母亲刚才发过来的他的手机号，并附上了一句话：梁阿姨说沈迟在你们学校，顺便接你一起。

已经十几年没见，程荑看着喷泉，许愿心心念念多年的沈迟哥哥不要长成"洪水猛兽"。

然而接听完电话，听见似曾相识的声音，再看向路对面穿着白衬衫身形修长的男生时，程荑如雷轰顶，更加希望眼前的喷泉是许愿池，实现让自己原地消失的愿望。

哪里是十几年没见？分明是半小时前刚见！

半小时前乌龙事件的主人公沈先生，便是沈迟。

程荑拽了下书包的肩带，垂着头走了过去，脚下一颗石子被踢远。

白衣黑裤的沈迟站在香樟树下，眉眼清冷，淡淡的声音沾染了暑气："上车吧。"

"哦。"

情绪来得快去得也快,一向大大咧咧的程荑不习惯这样的沉默,未经过大脑的话脱口而出:"沈迟,你还记得我吗?"

好一句烂俗的搭话,程荑不小心咬了下舌头。

没有回应,程荑将视线从沈迟身上转移到红绿灯上,前方斑马线上行人缓缓走过。原来自己心心念念的人并不记得自己了,也是,这么多年过去了,他早就忘了吧。

"程荑。"绿灯亮起的时候,沈迟叫她的名字,又看她一眼,发动汽车,"我还以为你会叫我沈迟哥哥。"

不怪沈迟,程荑眼睛亮晶晶,如同小鹿一般,让他不自觉地想要拿小时候的称呼逗一下她。

并无太多波澜的语气却让程荑满脸通红,她这才后知后觉,原来他记得自己。

程荑单方面抛弃真正与自己一同长大的邻居陈桉,认定自己和沈迟是青梅竹马,如果青梅竹马的定义可以是从一岁到六岁形影不离的话。

这一切源于姜女士和梁阿姨的革命友情。姜女士既是程荑的母亲,也是程荑对她的爱称。

姜一淑年轻的时候去了北城某部队做文艺兵,认识了同在部队的文艺兵梁梅。部队每周都进行会演和话剧排练,两个人久而久之建立了深厚的友谊。后来两人先后嫁到了北城,巧合的是,两家竟然在同一条胡同的同一个大院。

梁梅结婚较早,婚后生下了沈迟。

沈迟四岁这年,程荑出生。

据说程荧呱呱坠地之时，声音嘹亮，中气十足，甚至吓哭了随梁梅一起来医院的沈迟，惹得病房里的人哭笑不得。大概是这一特殊缘分，程荧从小就爱缠着沈迟，也因此有了姜一淑和梁梅玩笑定下来的"娃娃亲"。

只是程荧六岁时，外公突然离世，外婆只有姜一淑一个女儿，而且不愿意离开待了一辈子的江市。姜一淑只好和丈夫程伟立商量，把公司搬回江市，以便照顾母亲。于是程荧六岁那年，也随之离开北城。

江市前些年经济发展相对落后，程伟立的公司搬到江市后发展并不顺利，姜一淑和程伟立便把所有的心思都放在工作上。因为烦琐的生活以及遥远的距离，姜一淑和梁梅渐渐失去联系。

两人再次取得联系便是在今年。梁梅随有工作任务的沈迟前来江市，顺便与老友见面，约好今日一同聚餐叙旧。

自程荧小时候，梁梅便十分喜欢她。如今小女孩出落得越发漂亮，长发披肩，皮肤白皙，眼神纯净，笑起来还有两个小酒窝，她是越看越喜欢。

"一淑，你还记得两个孩子小的时候咱俩开玩笑，还给他们定了娃娃亲吗？一转眼，两人都长这么大了。"

"哈哈，是啊，当然记得了，时间过得真快。"

程荧闻言一口橙汁呛进了喉管里，咳了个面红耳赤。

这要命的娃娃亲是什么鬼？不是电视剧中才有的桥段吗？

程荧猛地瞥向另一主角，沈迟似是有所感应，回头看过来。两人对视半秒，程荧忽然低下了头。

梁梅本就对程荧多有喜爱，又因着突然提起的娃娃亲，有意撮合两个人。临近暑假，程荧每次被梁阿姨叫出来，必然会有沈迟在场。

许是儿时的情谊，程荑对于和沈迟相见总怀有十二分的欣喜。又加上为了躲避程伟立让她进公司提前熟悉业务的安排，不知不觉，她就在沈迟办公室泡了一整个暑假。

沈迟助理和程荑熟稔起来，调侃她：“老板的办公室被你当成了避难所。”

彼时程荑正偷看办公室里凝神工作的沈迟，眉眼弯弯笑起来。

当时程荑还不知道这般心态大概等同于少女怀春，喜欢不经意就露出来，藏也藏不住。她只是在心里觉得，工作时候的沈迟不苟言笑，比往常更不可接近。

程荑看到沈迟手下的图纸，是密密麻麻的线条。

近几年江市跻身一线城市，经济飞速发展，政府决定重新打造一个标志性建筑作为江市东城区的地标，经过商议，最终决定建造一个博物馆。项目举行竞标，沈迟和他的团队竞得项目。

沈迟在大学时得到了国际知名建筑学家梁教授的认可，此后一直跟着梁教授学习。大学期间，他拿出来的成绩已十分亮眼，参与设计的建筑数次获得国际大奖。

毕业后沈迟参与设计的两个建筑广受好评，梁教授对外直言沈迟是他的得意弟子。梁教授一心研究学问后，各大项目便都自然而然落到了沈迟手中。

江市是一个文化古迹与现代商业并存的城市，经济日趋繁荣，古建筑却仍完整保留。沈迟拿到项目后做了初期设计策划，和团队来到了江市。

博物馆建成的时候是在深秋，彼时沈迟已经在江市待了五个月。江市到处都是梧桐树，满街的梧桐树叶散落一地，大片的金黄落叶躺在干净的柏油路上，落满了秋日暖阳的余温。

江市各大新闻头条皆是博物馆的图片，博物馆的外在设计和内在构造皆没有辜负政府将它发展成江市地标的期望，甚至 J 大的校园论坛上都飘满了讨论帖。就连程荫回家，也能听见程伟立和姜一淑的一顿夸。程荫听着父亲的话，翻着论坛上建筑系学生盖成高楼的帖子，手肘撑在桌子上，眉眼含笑。

她在幼时，便坚信沈迟哥哥会成为了不起的人。

现在依然如此。

十一月，死党陈桉和米璐先后申请了国外学校的交换生，交换期一年半。程荫自从程伟立决心让她以后接手公司，就下定决心能逃避就逃避，紧跟着也去学院拿了申请表。

学院负责人和程伟立素有交情，程荫拿了申请表还未决定申请哪所学校，就被程伟立一通电话叫回了家。

这样的对话几乎每月一次，只是这次程伟立格外严厉，程荫站在客厅里一声不吭。

程伟立耳提面命："我已经让人事给你安排了岗位，今年寒假你必须开始接触公司业务，留学的事情以后再说，到时候去国外念MBA。"

程荫忍不住抬头反驳："凭什么我的人生要被你安排，我有我自己想做的事情。"

程荫大学念外语系，已经是和父亲妥协折中后的结果。当时刚刚经历高考折磨的程荑一听到将来要管理公司就炸毛了，死活不愿意选择金融系。最终程荑填了外语系，恰好公司与国外企业合作较多，父亲这才勉强同意了。

"你能有什么想做的事情！"程伟立恨铁不成钢，气得要拍碎桌子，"那你就一直做你喜欢的事情，再也别回家好了！"

"不回就不回！"

谈话不欢而散，程荑一秒也不想多待，飞也似的跑出去了。她坐上公交车，去了江市的水族馆。水族馆是她最爱来的地方，每次看到幽蓝的水和畅游的鱼儿就能让心情平静下来。

可是这次她无论如何也平静不了，除了和父亲吵架，还有一个原因，沈迟要离开了。在江市的工作已经完成，沈迟不日就要返程。

程荑坐在海豚馆的蓝色座椅上，工作日的海豚馆游客并不多，四周安安静静的，衬得她心如乱麻。

江市的雨来得毫无征兆，再出来时，蒙蒙细雨已经变成瓢泼大雨。从家里出来得匆忙，外套里只有一张地铁卡，程荑脱下外套顶在头上往就近的地铁站跑。

程荑去了沈迟在江市的临时办公室。

站在办公室楼下，程荑把淋湿的外套拿在手里，按下了电梯，便低着头等待。电梯打开，沈迟抱着一个箱子，看到狼狈的程荑，略微一怔。

程荑仰起头，以为沈迟今天就要离开，顾不上手上还有没擦干的雨水，伸手拽了他的衣角："你要走了吗？"

她被沈迟领回了办公室。

办公室的茶水间暖气又升了几度，程荑接过沈迟递过来的毛巾，一边擦着头发，一边透过晃动的发丝偷瞄正站在煮茶器前的沈迟。等沈迟看过来,她又低下头去,心情却好了不少。

空气中甜丝丝的姜丝可乐味钻进鼻孔。

沈迟把煮好的姜丝可乐倒进透明的玻璃杯,递给了程荑后便默不作声,只视线落于她身上,给她完全安静的空间。

程荑先忍不住,兴许是委屈终于有地可安放,往常大大咧咧不拘一格的她,在此刻软了下来,声音透着委屈:"我和我爸吵架了,不知道去哪儿,就来你这里。你要离开江市?我是不是耽误你了?"

一连串的问话砸过来,沈迟先回答她最后的问题。

"就算是走,现在下雨了,航班也会延误。"

今天确实是要离开的,但眼下大雨不见有停的迹象,航班延误的信息随之而至,沈迟让助理取消了航班,转身去办公室拿起电脑处理工作。

程荑没再说话,慢慢喝着姜丝可乐,舌尖上弥漫着丝丝甜味,连带着心里面也翻涌起了气泡。

喝完了姜丝可乐,程荑站在茶水间没动静,她暂时不想离开。

沈迟似是看穿了她:"你可以先留在这里,我不离开。"

程荑心情无端好起来,她坐在办公室的沙发上,不出声,望着沈迟。过了一会儿,她却发现和父亲下午的谈话梗在心里,寻不到出路。

天色暗下来,雨点砸在玻璃上,又无声滑落。

沈迟停下工作,带程荑去餐厅吃过饭后又回到办公室,并未催程荑离开,对她的态度和多年前对待四五岁的小姑娘别无二致。

程荑把下午的烦闷一一说给沈迟听,她的语气太像小孩子,沈迟端着咖啡站在窗边,揉了一下她的头发:"做你喜欢的事情。"

沈迟送程荑回学校时,雨已经停了,宿舍门外的树被秋雨和寒风侵袭，只剩下光秃秃的树干，像是瞬间到了冬天。

沈迟把放在后座的风衣递给她，只身着一件深灰色的毛衣。

程荑抱着外套坐在副驾驶座，手扶在门把上，侧身轻轻说了声："谢谢你，沈迟。"然后下了车。

回到宿舍，程荑就拿起了书桌上的申请表。

米璐见她犹豫许久终于下定决心，脑袋凑过来看她申请的学校："Ａ大？Ａ大是在北城吧，那我知道了。"

"你又知道了？"

米璐摇了摇头："啧啧啧，女大不中留啊！"

刚过完春节，江市的雪还未融化，米璐和陈桉就拖着行李即将飞去海岸线另一侧。

程荑站在机场，一边告别，一边叮嘱陈桉："你一定要照顾好米璐，不然回来拿你问罪。"

陈桉拿着两个人的机票，对她抱拳拱手："小的哪儿敢不遵命。"

陈桉是程荑搬来江市后的邻居，多年来的相处让他们从青梅竹马变成了好哥们。

程荑看着米璐即将被托运的行李，问道："老干妈、火锅底料什么的你都带了吗？"

"程荑，你真的挺有老母亲体质的。"

程荑撇了下嘴，不予反驳。

米璐抱了抱她，嘴角翘起，眨了眨眼："一年后见，顺便祝你在北城得偿所愿。"

"我是为了逃离我爸的魔爪好不好！"

米璐敷衍地点了点头,笑得却毫不掩饰:"我相信了。"

当局者迷,旁观者清。

少女的心事茫茫然,仿佛蒙上了一层雾,却不知在旁人眼中天光敞亮,早已被看了个透彻。

三月初,程荧到了北城。树枝抽出新芽,嫩绿冒尖,红墙青瓦如同画卷,她经过一条巷子时,有模特正在拍杂志画报。应景似的,胡同里响起卖糖葫芦的吆喝声。

受姜一淑所托,梁梅对程荧颇为关心,让沈迟去机场接了程荧。当初沈父在北城另购置了房子,梁梅念在大院舒适又方便,不愿搬走。如今,四合院倒成了北城房价最为昂贵的地方。

仍旧是以前的大院,梁梅站在粗壮的梧桐树下,接过程荧手中的行李。

"小荧,你还记得你小时候都是怎么喊阿迟的吗?"

程荧手背在身后,身体略微前倾,小声开口:"记得啊,沈迟哥哥嘛。"

大院里还有同样未搬走的邻居,见程家小姑娘如今亭亭玉立,又听见这个对话,纷纷笑起来。

沈迟清冷的目光里缀了点点笑意。

曾经在大院里的时光最是悠闲,胡同里时不时响起二胡声、唱戏声,卖糖葫芦、捏糖人的小贩走街串巷,叫卖声不绝于耳。

那时四季更迭时光流逝是透过树叶颜色来看的。

树枝冒出嫩绿小芽,成片的深绿树叶遮阴避凉,泛黄的树叶纷纷落下,直至白雪皑皑覆盖光秃树枝。这便是一年四季了。

无事的时候,大院里闲聊的大人们便经常看到这样的画面——

　　刚学会走路的程家小姑娘磕磕绊绊地跟在沈家不爱笑的小少爷身后。不爱笑是真的,沈家的小少爷自小就比别的小孩安静许多,不管发生什么都不哭也不闹,很少和同龄小孩玩耍,成绩也是拔尖儿的。自幼儿园开始,每逢考试,别家父母都会给孩子准备一根火腿两颗鸡蛋来期望考试能考 100 分,沈迟拿回来的成绩单上却从来都是满分。

　　大人都认为程家小姑娘跟不上沈迟,还是要哭哭啼啼拐回自己家,没想到高她许多的沈迟回过头牵起程莴的小手,就把程莴带到了自己的房间。

　　沈迟整齐罗列在书桌上,舍不得给其他小朋友玩耍的各种模型都被程莴破坏了个遍。

　　院子里的大人在树下笑呵呵乘凉,朝梁梅和姜一淑说:"这两个小孩还真投缘,我看你们干脆给他们定个娃娃亲吧,哈哈哈!"

　　梁梅和姜一淑玩笑着应下了,从此院里的人见到两个人便说"沈迟和他小媳妇"。

　　面对众人的调侃,小可爱程莴只知道点头,倒是已经上了小学,稍微能听明白的沈迟摆弄着玩具,不予理会,十分高冷。

　　离开北城的时间令人猝不及防,买了新书包期待小学开学的程莴转眼就要随父母离开。那天清晨,哭哭啼啼的程莴闹着和沈迟拍了一张照片。

　　六岁的程莴和十岁的沈迟站在大院里的梧桐树下,脚下踩着一夜过后堆叠的黄色梧桐叶,沈迟脸上带着对于拍照的抗拒,而拉着他小手的程莴脸上还挂着泪珠,笑得却比满院的金黄落叶还要灿烂。

　　不甚明显的小酒窝里装满了回不去的年少时光。

在学校报到完毕，程荑从宿舍跑下来，站到沈迟车边，沈迟把车窗摇下来，指了下正在通话的蓝牙耳机，示意她上车。

程荑坐上副驾驶位，断断续续的对话声时不时飘到耳边。沈迟的声音卸去往常的冰冷，是平日里难得一见的温润。

饶是没有谈过恋爱，程荑也知道电话那端的女生身份一定不简单。

她无端想起一句话："那样温润的声音，讲起情话来想必是极动人的。"可惜，自己没机会听到。

身边的沈迟并没有打太久的电话，很快便摘了耳机专心开车。梁梅邀请程荑来大院吃晚饭，程荑坐在车上不言不语，接受陈桉和米璐的游戏邀请。刚到异国他乡，两人的日子潇洒得很，程荑听着他们互怼，低着头玩游戏。

最常玩的游戏角色接连死去，程荑泄气地丢下手机。车快要到胡同口，停下时，程荑收起手机："喂。"

沈迟的声音早已恢复古井无澜："嗯？"

程荑眼睛里有戏谑："刚刚那个电话是你女朋友打的啊？"

游戏里的小人再次死去，屏幕上闪现陈桉打出来的一行字：你在用脚打游戏吗？

沈迟停好车，看程荑站在胡同口，以为她不认识路，走在前面带着她走，才回头回答她刚才的问题："嗯。"

不知从何处而来的失落感侵入，心脏瞬间变得空荡荡的。这顿饭程荑食不知味，一直到回了宿舍，她还维持着不佳的情绪，郁郁寡欢地坐在椅子上，打开台灯，趴在书桌上。

新舍友拿了两包零食，在她眼前晃了晃："不开心啊？"

程荑坐起身，摇了摇头，思索这种失落感大概就像小时候自己从沈迟家里拿走的珍贵玩具又被别的小伙伴抢走了。

但归根结底，那个玩具和自己毫无关系，也并不属于自己。

程荑振作起来，不管怎样，新生活已经开始了。

A大外语系位于中心校区，是环境最好的老校区。悲惨的是，所谓老校区，即历史悠久，但宿舍较旧。好在外语系公寓静苑是新建的，干净又舒适，羡煞了一众人。

同时住在静苑的也有土木工程学院的学生，程荑宿舍共四人，除了她和另外一个交换生林舒，剩下的卓瑶和赵悦儿是建筑系的。

卓瑶从大二开始便在建筑公司实习，早早地为以后做打算。而赵悦儿每天忙着学生会的业务早出晚归。但大学空闲时间也多，卓瑶和赵悦儿是土生土长的北城人，无事时便带着两个人探索藏在胡同里的美食。

程荑和林舒也迅速适应了A大的学习节奏，一时间生活过得好不惬意。

"山高皇帝远"，程荑真正闻到了自由的气息，她找了份周末在海底世界的兼职。在江市的时候，她在海豚馆做过兼职，在北城也直接去了海豚馆。

大概是程荑热情洋溢且又死缠烂打，见她是真的喜欢，也够执着，两个星期后，海豚馆的季风终于愿意在下班时教她如何进行海豚训练。

沈迟来的时候，程荑刚下水，穿着训练服在旁边看着季风。海豚小七正和圆球玩耍，顶着圆球吐水，不在表演时间的它变得更活泼了。

季风朝程荑招手，让她凑近一点。程荑小心翼翼地碰了碰小七，忍不住笑起来，动物总是最能缓解人类情绪的存在。

她不亦乐乎，倒比海豚更活泼。

季风最先看到沈迟。

明明已经是下班时间，今天不会再有海豚表演，穿着白衬衫沉默帅气的男人却坐在观众席最下层，看了他们许久迟迟未动。

季风碰了下程茵："等你的？"

程茵回过头，就看到沈迟。身上还穿着训练服，帽子摘下来，估计头发已经不能直视，想到自己凌乱的模样，她恨不得立刻躲起来。

可是沈迟已经看到了她，她无处可躲，只好双手挡着额头走过去："不是说六点才到吗？"

他提前了半个小时。

沈迟见她还在挡着脸，不由觉得好笑："嗯，从办公室出来还早，就直接过来了。"

"你要表演？"他抬起下颌，示意刚才她待的地方。

"不是，不是。"程茵摆了下手，"只是在学习。那个，我先去换衣服了。"

程茵跑进更衣室，用最快的速度冲完澡换上衣服，潦草地吹完头发，站在镜子前面。脸颊被浴室的热气蒸得通红，她揉了揉，背起包往外走。

梁梅因为没有女儿总觉得有些遗憾，又十分喜欢程茵，于是每个周末都让她来大院玩。

程茵想，沈迟今天来海豚馆接她，大概也是梁阿姨的主意。

程茵的头发半湿，软软地耷在肩上。沈迟关上车窗，打开了暖气，从东城区到大院车程半个小时，遇到下班高峰期，便只能陷在车流里艰难挪动。

"这就是你和你爸吵架的原因？"

沈迟见前方车辆毫无动静，单手扶着方向盘，问道。

程蓂还陷在刚才的狼狈中，脑袋轻轻磕了下车窗，瓮声瓮气道："也不全是。"

她太想要自由，想要无拘无束，而程伟立对她的希望却是桎梏和拘束，无法对等的沟通总是让人泄气。

程蓂的脑袋垂下去，像极了小表妹上次坐车时丢下的玩偶。沈迟揉她的头发："开心点，等会儿还要一起吃饭。"

程蓂登时抬头，心中警铃大作。

梁梅最近几年闲下来，决心下厨房做料理。沈父沈毅和沈迟已经受折磨许久，总来大院的程蓂也成了新晋完美小白鼠。

程蓂低头吃饭时，梁梅坐她对面关切地问："今天的红烧鱼味道怎么样？"

"挺好吃的，我爱吃，你明天继续给我做。"沈毅一边吃饭一边说，丝毫没有表现出今天的红烧鱼又是一道黑暗料理。

"谁问你了。"梁梅给程蓂夹菜，"我问小蓂。"

程蓂扑哧笑出声，才点了点头："好吃。"

视线中，沈迟把味道尚可的一道菜挪到了她面前。程蓂眼睛澄亮，露出被拯救后满怀感激的笑容。

梁梅瞧见这一幕，只觉得每周叫小蓂来大院是无比正确的决定，有活泼又开朗的小姑娘在，连自己这不苟言笑的冰山儿子都融化了一些。

一顿晚饭外加闲聊结束，沈迟要回建筑所工作，程荑要回学校。

梁梅瞧着儿子开口："阿迟，你也不要这么拼命工作，什么时候给我领个女朋友回来才是正事。"

程荑站在门外，诧异地看向沈迟，注意到他微不可见地蹙眉。

沈迟有一个交往两年的女朋友。

大学毕业聚会，宋菲站在一众人中对他告白，说不出是真的有些心动，还是架不住周围人的欢呼，不愿意让宋菲当众下不来台，他便同意交往了。

大学期间，不是没遇到追求者，只是沈迟宁愿多做一道物理题，多设计一张图纸。他一度被说感情淡薄，被大学室友取笑浪费资源，任着别人追求硬是不理不睬。

和宋菲在一起后，生活也并没有太多改变。他待在建筑所的时间比在家里长，更不用说花在恋爱上的时间，下班后一起吃饭，或者一起去看展览，落到实处的相处，如同水一般安静平淡。

宋菲提出分手并不让他意外。

周日他在公寓里修改设计图纸，宋菲来他的公寓。他放下工作，而宋菲却是来告别的。宋菲大学念音乐系，专攻大提琴，先前她得到一个音乐会的表演机会，表演时被教授看中，问她是否愿意到国外继续学习。

宋菲一早问过沈迟，沈迟的答案是让她自己决定。

她拖着行李站在沈迟公寓里，航班是三小时后。宋菲不愿意给自己一丝后悔的余地，但她站在沈迟面前，心里想的却是如果这个人真的挽留她，她就不走了。

沈迟却说:"一路平安。"

宋菲第一次在沈迟面前生气,她觉得沈迟从来没有喜欢过她,更不要提爱。她哽着声说:"你是不是从来没喜欢过我,不然为什么不愿意挽留我?"

沈迟默不作声,宋菲拖着行李便走,心里气极:"那我们分手吧。"

她推开门,却撞见门前的女生。

程蕙站在门外,她发誓自己不是故意偷听,只是梁梅让自己帮忙送东西到沈迟公寓,才撞见这一幕。

等宋菲的身影消失在电梯,程蕙看着沈迟坐在客厅里,她不知该说些什么,只放下东西便轻声离开了。

这一天是赵悦儿的部门联谊,她以程蕙一个人在北城太孤独为理由邀请她以舍友身份参加联谊,程蕙只好答应。

学生会成员都知道赵悦儿的新室友是不打折扣的美女,身材高挑,五官精致,有白皙的天鹅颈和大眼睛,自然是十分欢迎。一行人从KTV出来已经是晚上十点半,光秃秃的路灯亮着光。

程蕙帮赵悦儿把喝醉的几个人塞进两辆出租车里,说:"我还有别的事,晚点儿回去。"

赵悦儿扒着车窗,大声喊:"哎,你记得早点儿回来,宿舍十一点半关门。"

程蕙想起上午坐在客厅的孤独身影,莫名有些担心沈迟。她在餐厅打包了一份饭,拎着饭盒去了沈迟公寓。

沈迟公寓没有亮灯,等按过几次门铃没人回应后,程蕙就靠着门蹲下,手机亮了几次,也没有拨沈迟的号码。

盒饭变凉了,正当程荑准备起身离开时,电梯门打开了。临时加班开会回来的沈迟走出来,垂眸看着她。

　　蹲了半小时的程荑站起身,眼前猛地一黑,正要找着力点,就被沈迟抓着手扶过去。

　　"腿麻了。"程荑脑袋抵着沈迟的胸膛,手被他抓在手心,她赶紧闷声说,"不好意思。"

第二章
我是捡了只流浪猫回来吗

Xuni Shenshen Huanxi

电梯外的声控灯灭了又亮，程蓂抬起头，尴尬地瞥一眼地上冷掉的外卖，一时竟忘记了还被沈迟握着的手。

直到干燥的、不可忽视的温热感提醒了她。

程蓂慌忙抽出自己的手，肚子在此时不合时宜地唱起歌来。五分钟后，她跟着沈迟坐在了小区外的餐厅里。等到从餐厅出来，沈迟抬起手腕看了一眼表："A大门禁时间没变吧？"

"啊！"程蓂哀号一声。

腕表上的时针分毫不差地指在十一点。

这意味着如果她现在选择回去，就等同于挑战宿管阿姨的权威，并且会毫不意外地遭到拒绝。

明明是程蓂自作主张要来安慰失恋的人，结果却是沈迟把无宿舍可回的她带回了公寓。

深夜十二点，纯白月光透过未拉严实的窗帘缝隙落在床沿，房屋内有淡淡的专属于沈迟的气味霸占着每一寸空间，躺在沈迟公寓卧室的程蓂却辗转反侧。

自从入住公寓，客房便一直没整理，沈迟自然而然地将卧室让给了程蓂。想到沈迟就在一墙之外的客厅沙发上，一向好眠的程蓂难得失眠了。

思绪杂乱地熬到天亮，程蓂顶着黑眼圈轻轻打开房门，蹑手蹑脚地走出去。薄雾覆盖，清晨的世界如同披了一层纱，沈迟站在阳台上，背影也仿佛染了雾气，看上去孤独又清冷。

他好像一夜没睡。

沈迟转身后，程蒟条件反射般把躬着的腰直起来，好像做错了事一样："我先回学校了，昨晚谢谢了。"

尽管她不忍让看似一夜没睡的沈迟送她回学校，沈迟还是拿起了车钥匙。

程蒟在学校门口下车，等沈迟的车彻底消失在视野里，她才叹着气慢吞吞往学校走。

一双手拍向她的肩膀，她吓得蹦开，看清站在眼前的人是卓瑶。

卓瑶的脸色比程蒟还差，程蒟帮她拿着电脑："你怎么现在才回来，不会又加班了吧。"

"我加了一夜班，你能信吗？已经三天了，这绝对是压榨啊，实习生没人权啊。"卓瑶的话匣子像竹筒倒豆子一样倒出，又戛然而止，"不对，程蒟，应该是我问你吧。现在清晨六点钟，你昨晚干吗去了？啊，我刚才看到一辆车，不会是送你的吧？什么情况？"

"那个，就是……"程蒟说，"我以前的邻居梁阿姨，我昨晚去她家了。"

卓瑶已经三天没有睡过完整的觉，也没继续追问，仍然在抱怨："我现在的梦想就是毕业后进入沈迟学长的建筑师事务所，这是我黑暗实习岁月里唯一的曙光了。"

"……"

夏季已过，七月流火，A大到了一年四季最美的时候。年代已久的恢宏建筑，满目可见的红色枫叶，青瓦红墙。校园里除了学生，多是来游玩参观的游客。

上周陪梁梅逛街时，梁梅说让沈迟带程荑逛逛北城。程荑本以为梁姨是随口一说，没想到沈迟一通电话后，就来了Ａ大接她。

Ａ大南区拱形门周末时仅供游客进出校园，程荑从宿舍跑过来，看着拱形门外的沈迟慢慢停下来。

非工作日的沈迟脱下了西装和白衬衣，浅灰色的大衣和黑色的裤子更显得身形修长，他手插在兜里，周围已经有不少人举起手机偷偷拍他。

程荑朝他挥手，然后跑到他面前。

"要不要进来看看？"程荑回头看，说完摸了下双肩包的肩带，低头盯着自己的脚尖，"忘了你是Ａ大毕业的了。"

"进去看看吧。"沈迟边说边往里走。

"啊？"程荑惊诧地抬头，跟上了他的脚步。她穿着浅棕色牛角扣大衣，踩着黑色的帆布鞋，身上还背着双肩包，十足的学生范儿。

沈迟在Ａ大念书时很少离开教室，更何况闲逛。他喜欢安静，喜欢一个人，但此刻，听程荑兴奋地在耳边讲个不停，却一点儿也不觉得吵闹。

逛完南区，程荑正在想自己是不是话太多，瞧见沈迟伸手过来，手指落在她的头顶。沈迟一米八的身高，挡住了寸寸阳光，她要仰起头才能看清，也不敢有动静，连呼吸都屏住。

指尖触碰柔软的发丝，后脑勺上的一片树叶被拿下来。

……

程荑这才眨了眨眼，移开了视线，但猛然加快的心跳频率依然不得消停。

"原来网上流传已久的游客照并不是虚假宣传啊。"

站在北城著名景点前,程荑夹在拥挤的游客中间,看着望不到尽头的城墙,又偷偷看了眼身侧的人,暗想他不会也是第一次来吧。

沈迟确实是第一次来。

鉴于北城各大景点居高不下的人流量,他自从初中开始便对这些地方敬而远之。如今站在熙熙攘攘的人群中,沈迟的神情确实不怎么自在。

爬到高高的城墙上,人群才稀疏些。

程荑张开胳膊,长舒一口气,双手扶着堆砌的青石砖,踮脚往远处看,入眼即是北城维护完好的古建筑。

沈迟担心她的安全,伸出一只胳膊轻轻护着她。

离得太近,近到能闻到他身上干净且清爽的淡淡香味,程荑的肩膀贴着沈迟的肩膀,一抬头就能瞥见他被上帝雕琢过一般的五官。

她生出别样的心思,后退一步举起相机,笑着喊:"沈迟哥哥。"

咔嚓一声,程荑拍下一张照片。照片里一张清冷的面孔掩不住帅气。

程荑躲在相机后的脸偏过去,嘴角咧开笑容,沈迟对她拍照的行为也没什么多余的表情。

从景点出来,沈迟打算带她去下一个地方。虽说是从小长大的地方,他对北城却并不熟悉,便让助理整理过一些攻略,若记得清楚的,他便会在参观的时候讲给她听。一天行程结束的时候,他问程荑:"会不会觉得无聊?"

"没有。"程荑坦诚地说,"我喜欢和你在一起。"

见到沈迟嘴角似乎微弯了一下，程荑才慌乱解释："不是，我就是很喜欢听你说话，很舒服。"

　　沈迟心情不错，晚饭后送她到学校门口，见她进了学校才离开。几分钟后，他收到一条短信："我到宿舍啦，今天特别开心，谢谢你！"

　　几乎每次送程荑，都会收到这样的信息。沈迟关掉手机，专心开车，想起梁梅说，程荑是一个令人安心的姑娘。

　　自从这两个月开始，一向嗜工作如命的沈迟每逢周末不再泡在事务所，惊诧了一众同事，纷纷猜测沈迟是不是有了女朋友，最后又统一否定。

　　倒是沈迟的助理泄露天机，说沈工邻居妹妹念Ａ大，他最近迫于母亲压力，负责带她熟悉北城。

　　事务所的人一听就笑了，好奇道："嚯，还有能让沈迟屈尊当导游的人。"

　　另一边，见程荑每个周末都在穿衣镜前磨叽半天才出门，304宿舍的人也威逼利诱让程荑交代是不是偷偷交了男朋友。刚加完班回宿舍的卓瑶插一句："不回答也可以，公开课占座加记笔记的任务就交给你了。"

　　Ａ大的选课系统一向被学生诟病，因为选到心仪的课就像买到春运火车票一样难。大二下学期为了选课，四个人在宿舍里聚精会神，打算选修Ａ大热门的心理学、情感学公开课，因为除了课堂内容有趣，更重要的是期末只需要交一篇论文即可通过。

　　奈何刚进选课系统，两节课的学生余量已经为零，无奈，大家只好选择无人问津的物理课。

程荑坐在大教室最后一排,手中拿着笔,托腮望向窗外,注意力已经从老师的讲课声转到了枯黄的树叶上。

一旁的赵悦儿正在奋笔疾书,程荑放弃听物理课,去看赵悦儿手下的策划书。

下周就是平安夜和圣诞节,校学生会和各大社团联合举办活动,赵悦儿正在准备活动策划书。

公开课下课,程荑和赵悦儿并肩出了教室。赵悦儿要去三楼开会,程荑正要走,却被赵悦儿拉住胳膊。

"你圣诞节有没有约?"

"没有,孤寡老人一个。"

赵悦儿抱着策划书,总算是逮到了一个人:"那正好,那天你和我一起吧。学生会人不够,我要去充当苦力。"

赵悦儿所说的充当苦力,就是扮演圣诞老人给沿路去礼堂的学生发小礼品。

今年北城的初雪来得很早,纷纷扬扬落下,寒风袭来,饶是身上穿着厚重的衣服,也挡不住呼啸的寒风。

社团活动在礼堂内举行,程荑穿上圣诞老人装站在路灯下,看着同样只露出眼睛的赵悦儿问:"是谁想出来这个主意的?"

"多浪漫啊。"

程荑打了个冷战:"是挺浪漫的,但我们还是尽快发完吧。"

黑色侵蚀了冬季的夜晚,从灰蒙蒙的傍晚到天色完全暗下来,仅仅过了半小时。去礼堂参加活动的学生很多,程荑旁边的礼物一会儿就所剩无几。

她正给路过的一个男生塞礼物,就看见前方走来了两个人。

沈迟今晚在梁教授的教师公寓吃饭。

梁教授的儿子常年在国外,公寓只有梁教授和妻子。沈迟闲暇时间经常去看望两人,今晚照常被留下来吃饭。临走时,梁教授一同出来,说要饭后散步。

下了一整天的雪花堆积得厚厚的,校园里挂满了小彩灯,梁教授乐呵呵道:"现在的年轻人比起以前的更可爱了啊。"

闲聊间,有人挡在他们面前。沈迟垂眸看着扮相略显滑稽的圣诞老人,对方正对着他伸出胳膊,手指红红的,红色的帽子被雪花覆盖,嘴边的白胡子是歪的。

程荬大脑还没反应过来,身体就先一步行动挡在了沈迟面前。待到站定,程荬想反正沈迟不知道她是谁,就肆无忌惮起来。她晃了晃小手,示意沈迟伸出手。

沈迟配合地伸出手,程荬低下头,缓缓地把一颗糖放进他手心里,冰凉的手指触到掌心里的温热。

那么,再要一个拥抱也可以吧。

有一片雪花落在了眼睛里,程荬仰起头眨眼,下一秒就被沈迟抱住了。她的双臂还张开着,沈迟拥住了她的肩膀,很勉强地能称之为一个拥抱。

松开的时候,沈迟的手落在她的头顶,拂去了冰冷的雪花。

程荬看着消失的背影,转过身来跺了跺脚,快速发完了小礼品,就去找在礼堂门口的赵悦儿。赵悦儿已经冻到不行,不顾形象地蹦来蹦去,远远看去,像一只穿着红色衣服的兔子。

程荑脱下帽子的时候，嘴角还是弯的，毫不掩饰地开心。赵悦儿拉她进礼堂："你真是有劳动精神，做圣诞老人让你这么开心吗？"

"圣诞老人今天收获了一个非常温暖的拥抱，所以很开心。"程荑把圣诞帽拿在手心里，理了下凌乱的头发。

"好吧，好吧。"赵悦儿没多问，给她塞了一杯奶茶，"刚才学弟送过来的，拿回宿舍喝吧。"

程荑捧着奶茶，轻轻呵气，出了礼堂，瞥见一个人站在树下，沉默静谧。

程荑脚步慢了慢，心里生出希冀，盼望这条路长之又长，难以走到尽头，这样，便一直能在前方看到他。

沈迟把从车里拿出来的厚外套递给她，方才看到程荑手指通红，依稀想起小时候她也是极怕冷的。

北城的冬天寒风凛冽，小时候的程荑一到冬天脸蛋就总是红彤彤的，总爱清晨起来就跑到他房间里。畏寒的小孩到了晚上不愿意回家，硬要和他一起睡，大人们只好搬一床新被子到沈迟房间，让程荑在旁边睡下。

眼前的小姑娘和记忆中的小孩重叠，沈迟毫无表情的脸有了一丝松动。

程荑不好意思地问："刚才的圣诞老人……你认出来了？"

沈迟递给她一个不言而喻的眼神。

沈迟送完衣服转身要走，程荑忙喊住他："你要去哪里？"

"回事务所。"明明风声是冷的，沈迟的声音却让人感觉到温暖，"怎么，要跟我一起走？"

"不了，不了。"程荑摆了下手，"那再见了。"

走了百余步，程荑回过身，再看过去，沈迟的身影已经完全消失了。她披着外套回宿舍，熄了灯的夜里，身体觉得暖和，人却有些失眠。

她点开手机，给沈迟发短信："你怎么知道圣诞老人是我？"

沈迟没有发短信的习惯，程荑却好像很喜欢发短信，总将学校的事情事无巨细地讲给他听，甚至有时候会转发微博上的段子。他权当自己被程荑当成了信箱，很少回复。

而程荑这边，是因为米璐和陈桉最近皆忙于学业，她无人可骚扰，沈迟便成了最好的聊天对象——即使是她单方面地发信息，而沈迟不予理会，她也乐此不疲。

"你的眼睛，挺有辨识度的。"沈迟少见地回复了她。

程荑倏然起身，真的拿过镜子看起来，双眼皮，圆圆的，睫毛很长，但她看来看去也不觉得有特别的地方。

难道沈迟是在说她的眼睛很好看？

程荑继续发短信，每到心情好的时候，她都喜欢叫回最初的称呼："沈迟哥哥，我的眼睛怎么有辨识度了？"

意料之中的，没有收到沈迟的回复，但是当晚程荑做了个好梦。

时间倏然而逝，树叶尽落，树枝枯瘦，又迎来萧瑟寒冬。米璐和陈桉新年没有回江市，两个人租了同一间公寓。程荑打去电话时，米璐正在公寓里尝试包饺子，而陈桉还在房间里奋笔疾书。

去了纽约的陈桉突然勤奋起来，熬夜赶论文，跟教授做课题，俨然收起了以往的玩心。米璐开着玩笑对程荑说："国外的汉堡薯条快餐原来还能唤醒学习意识。"

程荑回江市时，程伟立明显还在置气，家里气氛僵化。姜一淑在其中调解,也难以缓解父女关系。

程荑不愿意低头,年关一过就早早回了北城。

她跟团报了年初的 OW 课程,打算考潜水员证,回了北城后直飞去了帕岛。位于热带的帕岛正是炎热的夏季,非课程时间她喜欢一个人沿着海岸线四处游荡。

海面上成群飞过的海鸥、一望无际的湛蓝海水、潜藏于深海的珊瑚丛,她一一拍成视频发给沈迟。

往深处潜水时,总会遇到寻常旅行时难以触及的震撼。她在水中畅游,领悟到真正的自由。五彩斑斓的鱼群从身旁游过,潜水教练帮忙拍下她与鱼共舞的照片。

再给沈迟发信息时,程荑存了些许私心,把笑得傻傻的潜水照也发了过去。

程荑坐在沙滩上,经过几天的阳光浴,白皙的皮肤被晒黑了不少。叮咚一声提示音,她赶紧放下手中的椰子,去捞躺椅上的手机。

沈迟难得回了消息,拍摄的是办公桌桌面,电脑屏幕上是未完成的建筑模型,旁边有几张标着序号的图纸。

与程荑的优哉游哉形成了鲜明的对比。

程荑抿唇笑,心思百转。他是在看到她的游玩照片后,抱怨自己却在辛苦工作吗?如果是的话,也太……可爱了。

但工作时严肃冷峻的沈迟能和可爱挂钩吗?

程荑摇头又点头,最后得出一个结论:沈大建筑师不可以,但她的沈迟哥哥可以。

"你可以觉得男生英俊潇洒,可以觉得男生风流倜傥,但如果你觉得一个男生可爱,你就彻底没救了。"

海浪翻涌至沙滩上又骤然褪去，日光透过椰树投下片片阴影。

程荑没来由地想起这句话，心中一块柔软的角落悄悄陷落。

沈迟打来电话时，程荑惊喜地接起，听见他问："很无聊？"

"你怎么打来电话了？"程荑如同偷糖吃的孩子被抓到一般，"我这是体贴你还在辛苦工作，带你远程领略一下舒适的热带风光，我才不无聊呢。"

这样的语气，俨然一个嘴硬的小朋友模样。

沈迟揉了下眉心，走到落地窗前，拉下百叶窗，闻言轻轻笑了，也没再说什么。

隔着千万里的距离，程荑又开始喋喋不休，说她就快要拿到潜水证书了，说潜水很好玩，说风景很美，说简直不想回学校。

最后，她又说："你下次去海边叫上我，我可以带你潜水。"

沈迟嘴角微弯，回应她的喋喋不休："嗯。"

小时候跟在身后有些烦人的可爱女孩，到现在也能让人觉得轻松。

程荑被同伴叫去潜水，她放下手机，忽觉刚才说错了，她现在其实有点儿想回学校，想见到沈迟。

程荑在 A 大的第二个也是最后一个学期，A 大迎来 80 周年校庆。校庆向来是 A 大重之又重的活动，一个月前，学校就已经开始筹备。

赵悦儿的任务除了筹备校庆晚会相关事宜，还要联系建筑系历届优秀学长学姐前来参加。本就早出晚归的赵悦儿更是整天见不到人影。

可最近几天赵悦儿却在宿舍闭门不出，程荑抱着书回宿舍，顺便帮赵悦儿拿了外卖。然而刚进门，程荑就发现赵悦儿完全忽视了她手中的外卖，只可怜巴巴地望着她。

程荽背靠着宿舍门："你再用这个眼神看我，我会怀疑你爱上我了。"

赵悦儿嘿嘿两声笑："我承认我爱上你，你就有办法帮我渡过人生中一大难关吗？"

"请问您是遭遇了什么……"程荽拉过椅子，坐在赵悦儿对面，"过不去的坎儿？"

"我本来以为联系学长学姐的任务就要大功告成，没想到却栽在了男神沈迟身上。"赵悦儿开始吐苦水，"不管是邮件还是电话，都没有收到任何回复。我就差蹲守事务所了。"

"你知道沈迟吧？就算是毕业了，也没有阻挡建筑学院男男女女对他如同滔滔江水一般的喜欢和崇拜。"赵悦儿看一眼愣愣的程荽问。

"我……"

"算了，你肯定不知道。"赵悦儿悲愤地吃着外卖，"他如果不来校庆上发言，建筑学院女生一定会集体黯然神伤。"

程荽恍过神，安慰赵悦儿："别担心，还有半个月，还有机会。"

"没救了，真的没救了。"

东城区临江路 98 号。

虽然已经来北城一年，沈迟的事务所她却是第一次来。

昨晚她在宿舍补作业时，梁梅打来电话："小荽，明天过来吃晚饭啊，做了你小时候最喜欢吃的菜。还有啊，你顺便去事务所叫上阿迟，他都两个星期没回来吃饭了。"

事务所是单独的一栋房子，位于东城区的艺术街区。风格简单的小白楼，于一众高高矮矮的建筑中兀自突出。

程荑坐在一楼的木质沙发上等待，前台的女生帮客户预约后留意到角落的小姑娘，走上前问："你好，请问你是？"

程荑刚要站起身，瞥见一行人走进事务所。沈迟在一行人中间，身形挺拔，分外卓越。过了一会儿，他落于人群后方，站在她面前："来很久了？"

"刚来。"程荑说。

前台退到一边，偷偷好奇这个女生和老板的关系。前方走着的几个男人也猛地急刹车，其中一个人八卦地看过来："哟，沈工，这是谁啊？"

说话的是事务所的另一个合伙人何延，何延是高沈迟两届的学长，称呼叫来叫去也依然保留了建筑业的特色。

"我妹妹。"沈迟看众人会意的笑容说，又回头看程荑，"先去我办公室。"

何延抻长脖子往前看："哎，不是，沈工，你什么时候多了个妹妹？"

程荑跟在沈迟身后踏上楼梯，踩着木质台阶，脚步轻轻地往上走，听得耳根发烫。

"不用在意，他们平时和我在一起比较随意。"

"没事。"程荑不自在地摸了下耳朵，解释了来由，"梁阿姨让我过来，说晚上去你家吃饭。"

"嗯。"沈迟说，"你先等一会儿，我处理几个文件。"

"哦。"程荑窝在沙发上，点开了一部海洋电影。

半晌，她想起校庆的事情，轻声问："A大的校庆你不来吗？"

恰逢助理端着咖啡走进来,听到关于校庆的事情才突然想起:"是这样,A大有发邮件过来说请你出席校庆,并作为优秀校友发言。不过那天有一个招标会,我昨天已经转发到你邮箱了。"

助理离开之后,程荑才小声道:"原来那天你有事情啊。"

沈迟抬眼,沉默了片刻,深邃的黑眸望着她:"你想让我去?"

程荑点了点头,默默给赵悦儿记了一笔:"非常想,但如果你没空……"

"会去的。"沈迟说。

听到他会去参加校庆,程荑欣喜,托腮看着他:"那你是不是也会发言啊?我到时候会在台下为你疯狂鼓掌的。"

"嗯。"

处理完文件,程荑跟随沈迟离开,到了一楼发现刚才的一群人正围坐在会客厅开会。见到他们从二楼下来,一群人都停了下来,看向这边。

何延打招呼:"先别走嘛,来来来,聊一会儿。"

沈迟没接话茬,只淡淡道:"两周后的招标会,记得替我参加。"

何延道:"哎!你怎么就觉得A大没邀请我发言呢!"然而视线里只留下一个绝情的背影。

程荑快步跟上沈迟,将要走出事务所时,她背过身向会议室的人挥了下手。被沈迟发现后,她笑了一下又跟着他坐进了车里。

"这小姑娘有意思啊。"何延摇了摇头,"沈迟迟早被拿下,要不要赌一拨?"

"加下午茶。"

"加甜点。"

校庆日当天，清晨伊始，校园里便逐渐热闹起来。A大校庆持续一整天，上午开始，各个学院单独举行庆祝活动。直到傍晚五点，知慧楼的礼堂举办校庆晚会。

程荑白天待在海豚馆，季风作为训练师带小七表演。小七一整天都是兴奋状态，两场表演休息中间，程荑趴在护栏旁，轻轻朝小七招了下手。

近一年的接触，小七已经视她如同好友。动物的喜爱是不染杂质的洁净，生猛又温柔。哪怕是没有徜徉在海洋中的小七也保留了原始的纯粹，它猛地游过来，昂起头，嘴唇碰了碰她的脸颊。

程荑摸了摸它滑溜溜的脑袋，轻声欢快地说："姐姐提前走啦，明天见。"

小七听懂了她的话，又凑上去吻她，原地转了一圈儿，才欢快地游回去。

程荑回到A大，到礼堂走廊时，赵悦儿正在四处张望，见她过来，就把相机塞到她手中。程荑自觉承担了部分拍摄的任务。

会场里坐满了历届优秀校友，沈迟是第三个上台发言的。他穿着干净整齐的黑西装，眉眼俊朗，所有人的视线整齐地落在他身上。

一片鼓掌声后，他有条不紊地发言。

程荑站在礼堂的最后方，举着相机遥遥看着。镜头前，沈迟的眼神似乎一闪而过，没等她把镜头移开，沈迟已经结束了发言。

程荑以为是自己的错觉。

一直到晚会结束，沈迟身边都围了不少校友。礼堂门外，他站在众人中央，修长身影使人不自觉地看过去。

程荑站在礼堂台阶下,打算和他打个招呼,始终不见他身侧的人离开。

"一起去聚餐?"

何延从招标会赶过来,同校友聊完后,拍了下沈迟的肩膀。

沈迟手里握着手机,没有抬头:"今晚还有事情,不去聚餐了。"

程荑看见沈迟拿出手机,没一会儿收到了他发来的短信:站在那儿别走,等我。

啊?他看到自己了?

熙熙攘攘的人群中,大家都往外走,打算先去酒店。沈迟推辞聚餐后,众人还在坚持,就看到一女生跑过来站到了沈迟身边。

有人起哄道:"了不得了,参加个校庆还能遇到来表白的,沈迟魅力不减当年啊!"

"聚餐可以不去,就是沈工要不要解释一下到底什么原因?"

沈迟没理会调侃,只淡定地说:"回家吃饭。"

旁边的人又把同样的问题抛给他的合作伙伴何延:"你知道是什么情况不,怎么还回家吃饭了?"

"哦……这个嘛……"何延十分配合,揶揄道,"沈迟说是邻居妹妹。"

众人看向沈迟的目光顿时精彩纷呈:"哦。"

沈迟见程荑垂着头,不知是害羞还是什么。他冷冷扫一眼,成功地让大家噤声。随后他轻轻拍了一下她的背:"走了。"

赵悦儿结束学生会工作从礼堂后台出来,看到程荑走在一男人身侧。她悄悄走过去,到了程荑身后才拍了下她的肩膀:"程荑你干吗去?"

程荑和她身侧的男人一起回过头。

赵悦儿的笑容凝固在嘴角,眼睛瞪圆了,呆滞了几秒,眼神透露出不容置疑的质问:"你认识沈迟?你们什么关系?"

程荑苦笑,手指捏了一下她的掌心,极小声地说:"等我回去再说。"

赵悦儿反应过来,又恢复标准的微笑:"哦哦哦,那什么我先回宿舍了。你晚上千万不要忘记回宿舍啊。"

……

待赵悦儿走远,他们往学校停车场走,程荑问:"现在去梁阿姨家吃饭吗?"

"不去。"

程荑伸出手,佯装要算账的样子,笑道:"那你还拒绝聚会?还有,你利用我拒绝聚会,打算给我什么好处?"

"今晚不想喝酒。"沈迟解释理由,给她打开车门,"带你吃饭好不好?"

总还拿她当小女孩说话的语气是宠溺的,沈迟自己都未察觉。

程荑心底的一丝不舒服像被扎破的气球中的气体,瞬间消失得无影无踪。她坐上车:"那我就……勉为其难地答应了。"

夜空里有明月繁星,四月芳菲已尽,却仍然温柔。汽车七拐八拐,绕了胡同,停在了一个巷子口。

窄巷子里有自行车通过,沈迟将她拉到自己身边,一只胳膊护着她。

"沈迟哥哥。"

程荽猝不及防的一声令沈迟看过去,刚才叫了他名字的女孩正看着他笑,眼睛里缀了暖色的光。

沈迟被感染,微微翘了下嘴角:"傻笑什么?"

"没什么,我就想喊你的名字。其实,你应该多笑笑,你笑起来很好看。"

春季温度适宜,深巷子里有饭馆仍在营业,是很舒服的夜晚。而沈迟正走在身侧。

人间四月,芳菲未尽。她感受着剧烈的心跳和跳动的脉搏,终于明白滋生在内心许久的悸动。

口不对心,刚才的那一瞬间,她明明想说出口的是"我喜欢你"才对。春天是万物心动的开始,她也毫不例外。

喜欢在这一瞬间无限生长,随星光一同散落。

A 大的交换学习在六月结束。

程荽回到江市后也依然不时去北城,不再是沈迟带着她四处闲逛,反倒是她经常喊沈迟去逛各种隐藏在深巷的小店。梁梅喜闻乐见,俨然已经拿程荽当自己的女儿,恨不得程荽就此留在北城。

临近毕业时,程伟立对程荽越加不满,程荽赶在程伟立派司机接她回公司工作之前,一个人订了机票,拖着行李箱去了北城,到之前的海豚馆工作。

想起父亲口中的"不独立""早晚要回来",她赌气没有告诉任何人,一个人找房子租。然而看似善意的房东其实是二房东,程荽在住进去的第五天,被房东赶了出来。

已经是晚上,无处可去,程荽拖着行李箱站在路口等车。陈桉打来电话时，程荑刚把两个行李箱塞进出租车的后备厢。

从纽约回来，陈桉开始接触父亲公司的业务，今天他恰好随父亲到北城出差。他前两天得知程荑在北城，刚下飞机就给她打了电话。

程荑三言两语说完遭遇，陈桉给她说了个酒店的地址："直接来找我吧。"

"找你做什么，我先找个附近的酒店睡一觉。"

"我好不容易来北城，你不压榨我，我不是很适应。"

"新晋受虐狂吗？"程荑笑着说，"那好吧，备上满汉全席，朕马上过去。"

"遵旨嘞。"

程荑的房间订在陈桉隔壁，吃饱喝足后，她和陈桉边聊边往电梯走。

沈迟随一行人进入酒店，参加结束一个项目后的例行团聚。瞥见前方一个熟悉的身影时，他微微蹙眉，让其余人先去点餐。

陈桉正在聊最近的生活，聊到兴起时胳膊搭在了程荑肩上。没等程荑移开，沈迟走了过来，拉住了程荑的手腕。

程荑下意识地甩开陈桉，站在了沈迟身旁。

沈迟声音清冷："他是谁？你不是在江市？"

程荑从看到沈迟出现后一直没说一句话，视线却始终停留在他身上。见到他的时候，一直收起来的委屈不声不响地显现出来。

陈桉对突然出现的沈迟多了防备，就要拉程荑过去，程荑赶紧解释一通。解释清楚后，程荑左看右看，抛弃了多年老友，仍然站在沈迟身边。

陈桉眼里似有雾霭，沉默几秒后道："注意安全，有事情给我打电话。"

程荑点了点头，陈桉径直进了电梯。

她慢吞吞跟着沈迟上了电梯。

沈迟听完了她的抱怨，知道了她为什么来北城，又是为何要住在酒店。

沈迟一言不发，随她回酒店房间拿行李箱："最近先住我的公寓，或者去大院住，等找到合适的房了再说。"

"我……住你公寓吧。"程荑紧跟着说。

"嗯？"

"我是怕打扰梁阿姨。"

沈迟抱臂倚着房门："垂头丧气的，我是捡了只流浪猫回来吗？"

程荑瞬间不服气地问："我难道不比流浪猫可爱又漂亮吗？"

沈迟不回答，拎着她的行李箱出了门。

程荑于是又凑上去，不小心撞上他的后背。她捂着额头追问："是不是啊？"

沈迟看她一眼，无奈地笑："是。不过，流浪猫倒是比你安静多了。"

自从程茧住进沈迟公寓的客房，公寓里添了许多生活气息。角落里的绿色盆栽缀着少许水珠，阳光直射在深绿色的薄荷叶上，客厅的玻璃桌上摆放着透明的玻璃瓶，瓶中的鲜花每天一换。

只是这些改变，好似并没有被该看的人看到。

事务所最近接了一个设计项目，早出晚归已经变成了常态。头秃几乎变成了设计师的代名词，大多数人加完班就待在了办公室。

沈迟想到家里住着的小姑娘，怕她同自己共处一室会尴尬，最近一段时间也都留在了办公室，偶尔白天补觉时才会回去。

于是决心要追沈迟的程茧开始苦恼。

没有长时间的接触，日久生情的追人计划就很难实现。

好在程茧也忙于成为正式海豚训练员前的培训，每天在海豚馆中和小七培养感情，忙到没有太多闲暇时间。

从海豚馆回公寓，恰好经过沈迟的事务所，程茧在中途下了车。经过上次的事情，事务所的员工已经知道程茧和沈迟的关系，但对两人的调侃并没有停过。

毕竟有名人言，八卦上司是当代上班族释放情绪的主要方式之一。

沈迟一行人从事务所出来的时候，看到了站在事务所外香樟树下的程茧。她穿着白色的短袖和绿色的半身裙，半干的头发被风吹得微微扬起。

程茧正在犹豫要不要先发短信给沈迟，抬头就看见从事务所走出来的沈迟，他仍站在一群人身后。

何延先跟她打招呼："沈迟家小妹妹，来和我们一起聚餐吗？"

刚毕业的程萸看上去仿佛仍是刚入学的大一新生，皮肤白皙，未施粉黛的脸庞格外干净，眼神纯净，不笑的时候像是一个不易亲近的冰山美人，可笑起来的时候脸上有两个酒窝，又着实可爱。

事务所的其他人都叫她"小程萸"。

众人走到程萸面前，程萸才问："你们要去聚餐？"

"今天沈工请客，我们集体宰他。小程萸，你要不要参与？"

程萸看了沈迟一眼说："如果是沈迟哥哥请客的话，那我有一点儿舍不得。"

大家被程萸可爱到了，开玩笑说："哟，这就开始护上了还行。"

一直沉默的沈迟开了口，话是对程萸说的："一起吃饭。"

"好。"程萸美滋滋地走到了沈迟旁边。

何延慢悠悠地从两人身旁走过，一句话总结："沈工这宠辱不惊的态度，小程萸你可要多多努力啊。"

一行几人，只有沈迟和何延开了车。

程萸站在旁边，打算等其他人坐好后，再坐剩余的座位。沈迟从身后走过来，手掌摸了一下她的脑袋："愣什么，坐前面去。"

沈迟绕过去打开车门坐在驾驶座，程萸乖乖上了副驾驶的座位。

今天刚竞标下来一个新项目，何延提出的让沈迟请客吃饭的建议一致通过，地点最后选在了东城区新开的一家餐厅。

露天高层餐厅，俯瞰下去能看清整个灯火通明的北城。沈迟胳膊随意地搭在身后的椅子上，他慢条斯理地吃饭，听着其他人聊天。

餐厅送来的酒就放在沈迟的左手边，粉红色的桃子酒被暖白色的灯光笼罩，透出盈盈的光。程荑目光灼灼，见沈迟转过头在和何延聊天，伸手拿起酒瓶要给自己倒酒。

没等她得逞，沈迟看过来："嗯？"

他微微侧脸，程荑歪过头，往上看是漫天星空。

程荑的手还握着酒杯："我想喝酒。"

沈迟微微挑了一下眉，问站在一旁的服务员要了一杯果汁。

眼看着一杯果汁放在自己面前，而其他人端着酒杯饶有趣味地看着自己，程荑可怜巴巴地说："你不会害怕我喝醉吧？不会的，我酒量特别好。"

程荑说的是实话。

程荑爱酒，这是她人生的第二大兴趣。

程伟立爱好收藏各种酒，家中地下室也被程伟立改造成酒窖，只有重要的客人到来时才会开启，平日里并不会让程荑进入。

程荑初中时曾趁程伟立和姜一淑不在家，让陈桉帮忙打掩护，偷偷溜入酒窖中一探究竟。好奇心作祟，她干脆偷偷打开一瓶酒，邀请辛苦望风的陈桉一起喝。

"不会喝酒算什么男人？"

陈桉架不住诱惑，便盘腿坐在程荑对面和她一起喝酒。结果可想而知，两个人喝醉睡在酒窖，直到晚上程伟立回家才找到酒窖中的两个小孩，而他珍藏许久的一瓶酒已经只剩空空的酒瓶。

程荑不出所料地被臭骂了一顿，但是自此有了喝酒的爱好。几年内，家里酒窖中珍藏的酒几乎被她偷偷喝了一半，也因此练就出了千杯不醉的本事。

当然,"千杯不醉"是她自封的。

程荑不罢休,紧跟着又往沈迟旁边靠了下:"真的。"

沈迟慢悠悠地解释:"等会儿回去你开车。"

程荑低头,原来是这样才不肯让自己喝酒。

程荑想让沈迟收回刚才的话,随即敛了眉,语气认真:"我自从拿到驾照,好像还没有开过一次车。"

沈迟端起酒杯喝了一口酒,才慢慢地说:"没关系。"

程荑无法,只得老老实实地喝果汁。

沈迟手中还端着酒杯,这种看似漂亮的桃子酒浓度不比一般的烈酒差,她一个女生怕是没几口就要醉了。

程荑第一次见到沈迟喝酒。

和往常别无二致的清冷模样,喝起酒来也比旁人更吸引目光。大概是真的决定让程荑开车,他喝起酒来也不顾忌,眼前的一瓶酒已经快要见底。

可他的眼神相较他人却仍旧很清明。

一直到众人晕乎乎被扶上出租车各自回去,沈迟才站在车旁好整以暇地指导程荑倒车。只是等他坐上副驾驶座后,却轻轻将脑袋靠在椅背上,微闭着眼,似是近期的疲惫一齐涌上来。

程荑叫了声他的名字,他只是轻轻抬眼,未有其他任何动作。

微醉的沈迟好像多了一丝温润。

程荑面上不动声色,心却狂跳不止,半晌才恍过神儿。她小心翼翼地扯过一旁的安全带,帮沈迟系上。

距离太近，以至于能够清晰地感受到彼此的呼吸纠缠在一起。

程荑松开手，手心已经是濡湿的，停了半刻，才握上方向盘。

在沈迟公寓住了一段时间后，程荑便开始找新公寓。季风知道她要租房子，便帮她找了自家公寓附近的一间公寓，只是原租户要一周后才会搬走。

程荑对沈迟提起这件事的时候，沈迟刚准备开车去医院。他站在客厅，询问了一下公寓地址，便先离开了。

梁梅是两天前住院的。

前段时间梁梅一直觉得身体不舒服，体检后被医生告知需要做手术。

手术在明天，这两天沈迟陪梁梅在医院等待手术。

程荑站在厨房里，翻着手机上面的菜谱，打算晚上去医院看望梁梅之前，在家里给沈迟做一顿饭。

自小十指不沾阳春水的程荑看起菜谱来堪比看天书，好不容易刚刚熬好营养粥，熬鸡汤的砂锅就发出咻咻的响声。程荑手忙脚乱，赶紧走过去端砂锅。

她全部心思在做饭上，没听见门被打开的声音。

手指碰到砂锅边缘的时候，几乎是立刻就能感受到一片灼热，程荑倒抽一口气，强撑着把锅放到了一旁瓷砖台上。

手指隐隐作痛，程荑移开手，轻轻甩了一下，突然间就被走过来的人握住了手腕。比自己高出太多的沈迟站在面前，投下一片阴影。

沈迟打开水龙头，握住她的手放在水龙头下冲水。

一片狼藉的厨房、紧挨着的手指、微弱的水流声，程荑不知道自己应该将目光落在何处。

白皙的手指指腹有一块红肿。

"等一下。"

沈迟看了她一眼,转身回卧室拿烫伤药膏。

程荑盘腿坐在沙发上,看见沈迟从卧室出来,趴在沙发上说:"我自己来吧。"

沈迟拉过她的手指,淡定地在她手指上涂抹药膏:"怎么忽然要做饭了?"

程荑看向别处,这回也不好意思了:"我就随便做做。"

程荑抿了抿唇说:"对了,今晚我去照顾梁阿姨吧,你可以休息一晚上,明早再去医院。"

"不上班吗?"沈迟动作没停,涂完之后把药膏放在桌子上,又嘱咐,"睡前再抹一次。"

"反正我这几天休息,而且我是女生,比起你和沈叔叔,我照顾梁阿姨更方便一些,是不是?"

见他没说话,程荑权当他默认了,眼神又明朗起来。

去医院之前,程荑扒着门框又对沈迟说:"做好的饭我也没空吃了,你帮忙试试毒。"

沈迟抬眼,往餐厅走过去。餐桌上摆放了几样菜,他一一试过去,有的咸了,有的放多了糖,但卖相都还不错,是用心做的菜。

沈迟兀自笑了。

之后一段时间,程荑一下班就跑去医院照顾梁梅。她照顾起梁梅来,确实比两个大男人方便许多。虽然平时她一副冒冒失失的模样,没想到照顾起人来却无比细心。

周围病床的人都以为程蓖是梁梅女儿,梁梅出院那天,趁程蓖去办理出院手续时,隔壁病床的大爷还在乐呵呵道:"你这个女儿可真是尽心,现在的年轻人哪儿有这么尽心的。"

程蓖所做的一切梁梅都看在眼里,笑着解释:"要是我女儿就好了。"

沈迟从公司出来后直接来了医院,刚走进病房就被梁梅催促:"程蓖去办出院手续了,你去看看。还有啊,等会儿带上她一块回家,晚上一起吃饭。"

"知道了。"沈迟说。

秋冬换季时节,医院缴费大厅人满为患,到处都是拥挤的人。沈迟瞥见人群中排队的小小身影,正夹在一群人中间,手上拿着缴费单。

沈迟走过去,径自拿过她手中的缴费单:"你先回病房,这个我来弄。"

程蓖愣了愣,"哦"了一声,从人群中走了出来。她没有回病房,嘈杂的大厅,沈迟在那里安静地排队,眉目微敛,连同他的周身都是安静的。

缴完费,沈迟微微侧身,从排队人群中出来。看到程蓖笑着站在那里,格外乖巧,他弯起嘴角问:"怎么还在这里?"

"我也没什么事,正好等你了。"程蓖笑了笑,"那我们回病房?"

沈迟掐了下眉心:"我去找杨医生。"

程蓖点了下头:"好,那我先回去了。"

沈迟把手上的单子递给她:"晚上和我一起回家,你和我妈先去车上等我。"

程荑不好意思地说:"我晚上还有聚餐,好像去不了了。"

梁梅的病并不是一次手术就可以解决的,几年之内仍有复发的可能。沈父和沈迟商量后,原本打算瞒住梁梅,然而梁梅坚持要了解自己的身体状况。出于对妻子的尊重,沈毅还是将病情完全告诉了梁梅。

沈迟在家里吃过晚饭后才离开,在玄关处被梁梅塞了一张邀请函:"你表妹的,下个月就要结婚了,到时候和我们一起去。"

沈迟有些意外,不过也没有说什么,倒是梁梅有些耿耿于怀:"你呢?"

"我怎么了?"沈迟取下外套穿上。

"你看看你表妹,再看看你,你打算什么时候结婚?你是不是现在还没有女朋友?"

逼婚已经是当代社会青年无论如何都躲不过的话题,往常沈迟只听何延抱怨,知道何延为了躲避催婚,过年期间躲到办公室睡觉。现在,他也没逃过。

沈迟语气无奈:"我现在忙工作,不想考虑这些问题。"

"工作什么时候都可以忙,但是现在结婚这件事你也该提上日程了。"梁梅又换了一种语气,"你是想让我有生之年见不到你娶妻生子吗?"

沈迟让梁梅坐回沙发,本以为梁梅今日只是顺嘴提一句,没想到却是认真的。

"阿迟,你和我说,你和小荑现在在一起吗?"梁梅琢磨这件事情已有一天,"如果你俩真的在一起,不要瞒我。"

沈迟哑然失笑:"梁女士,您说什么呢?"

"真没在一起吗？我看小萸那丫头挺喜欢你的。"梁梅仔细看沈迟的表情，确信两人真没在一起时，有些失望，"你觉得小萸怎么样啊？我是觉得挺好的。"

喜欢？

沈迟听到这个词笑了下："没什么喜欢不喜欢的，她拿我当哥哥，我也拿她当妹妹。"

"什么哥哥妹妹的，这么说，我是不是要认小萸做干女儿才好。"梁梅有些生气。

"也不是不可以。"沈迟认同地点了点头。

"我是真觉得小萸挺好的，而且你和她在一起的时候，我看着你还挺开心的。"梁梅叹了口气，"你呀，回去好好想想吧。我可不想这辈子见不到你结婚。"

沈迟开着车子到公寓楼下，却迟迟没有上去。

他明白今天梁梅所说大多是真心话，但他确实从未考虑过。他抬眼看了一眼公寓的窗户，隔着纱窗，透出朦胧的暖光。

手机上还留有程萸今天发来的短信。新公寓的租户已经搬走，这周末程萸便要搬进新房子，最后，她还说了谢谢，客气得不像话。

梁梅说的"喜欢"二字还在脑海萦绕，过了一会儿，连他都觉得可笑了。沈迟拧着眉，停好车后从车上走了下来。

月光铺满地面，深夜一片安静。

是谁的心荡起了一丝涟漪，静悄悄的，渐渐消失不见。

周末清晨，第一缕阳光从未拉紧的窗帘透进来，暖暖地落在柔软的被子上。程荑眯了眯眼，又再度翻过身去躲避略刺眼的阳光。

直到闹钟不停歇地叫了几遍后，她才从床上坐起来，贪睡的身体软绵绵的。

程荑伸了个懒腰，想起来自己要搬进新公寓，才百般不情愿地去收拾行李箱。

住在沈迟公寓已有一段时间，然而行李却并没有多少。大概是她潜意识没有把任何一个地方当作家，随身带的行李总是少之又少。

行李收拾完毕，程荑坐在地毯上，大大咧咧地摊开四肢。她闭上眼睛，过了一会儿听到有动静，睁开眼朝卧室门外看了一眼，就瞧见沈迟从客厅走过来。

程荑立刻站起身，想起来自己刚才躺在地板上的动作，顿时有些手足无措。

在公寓里，沈迟穿着居家，白色的上衣和烟灰色的长裤。他端着咖啡，刚从书房走出来，扫视了一圈程荑收拾的行李："什么时候走？"

即将要离开，程荑心底有些失落，声音很低："下午。"

"嗯，知道了。"

行李不多，程荑打算自己搬去新公寓。

临走前，她站在书房门口敲门，沈迟从电脑前面起身。以前喜欢在纸上画图，现在有时也会在电脑上面做些设计，沈迟偶尔会戴眼镜，看起来斯文又温柔。

程荑脚边放着行李箱，她手背在身后，轻声说："我走啦，谢谢你的收留。"

"收留？"沈迟挑了下眉，嘴角微勾起，想起来之前说起的流浪猫。

程荧站在书房门外半天没动,目光落在沈迟若有似无的笑容上,移不开眼睛。

沈迟拉过她的行李箱,把她让进书房,让她在书房的软椅上坐着:"等我做完设计,送你去新公寓。"

"我……"程荧不想麻烦他,本想拒绝。

可想到离开公寓后,两人见面的机会或许会更少,她便不再说了。

沈迟正在做艺术馆的设计,同在大院里长大的许航最近接手了许父的工作,打算在东城区新建一个艺术馆,以承接半年后的各项艺术展。

因为时间紧急,许航又信不过别人,便把设计交给了沈迟。

沈迟已经完成基本设计,只差最后的修改。把设计图发给许航后,沈迟关掉电脑:"走吧,新公寓在哪里?"

程荧说完地址后,他微微蹙眉:"离你工作的地方是不是有些远?"

"还好,坐地铁半小时就到了。"

程荧去拉行李箱,被沈迟接了过去,她抱着小纸箱跟在沈迟身后。两趟就把东西搬完了。程荧抱着最后一个大纸箱往车后备厢走,不小心没有放稳,纸箱倒下去,东西落了一地。

沈迟蹲下帮她一起捡,手指碰到几张照片,拿起来一看,上面正是自己设计的几个建筑。

他修长的手指捏着几张照片,见状,程荧的动作顿住,眼神躲避着。

沈迟笑起来:"怎么,已经这么崇拜我了?"

程荧听清沈迟说的话,猛地抢过照片,放回纸箱:"什么啊,这是我室友为了宣扬她的男神——你,强行塞给我们的。"

事实上是程荧从卓瑶手中抢出来的,程荧心中默默忏悔,不得已让卓瑶背了一口锅。

沈迟瞧她把照片塞回纸箱,帮她把纸箱放回了后备厢。

程荑松了口气,正以为躲过一劫,想立刻溜回车上时,沈迟关上后备厢,幽幽地又说了一句:"很喜欢的话,我下次给你做几个模型。"

轻飘飘的一句话,让程荑觉得此刻跳动的心脏已经不是自己的了。她被"模型"两个字吸引,坐上车许久后才凑过去问:"你真的要做模型啊?"

"嗯。"

沈迟开着车,看她弯着嘴角,以为她又在打什么主意:"该不会是打算把它们送你室友?"

程荑抿唇笑:"我需要看一下模型好不好看,如果还行,我就勉为其难珍藏一下。"

沈迟听她这语气,嘴角有淡淡的笑:"行,我争取让你满意。"

程荑收回视线,眉眼染了笑意,久久没有散去。

新公寓离工作的地方稍远一些,但离沈迟事务所更近。是一室一厅的LOFT,房间朝南,上午房间内有大片阳光。

程荑把行李一一放进房间,等到收拾得差不多的时候,沈迟带她去了公司附近用餐,撞见了周末还在事务所加班的何延等人。

一顿调侃后,程荑跟着众人去了事务所。

程荑除了海豚馆的工作,还接了额外的翻译工作,她索性坐在沈迟办公室翻译文件。中途何延闲来无事往沈迟办公室凑热闹,推开办公室门,看到两个人安静地坐着,好生失望:"大好周末,你们两个人坐在办公室工作,很煞风景啊。"

沈迟没理会他。何延站在程荑身后，瞥见程荑翻译的文件，颇有兴趣地问了一句："这是翻译的法语？"

程荑抬起头说："嗯。"

何延嘿嘿笑了一下："那下次我们有需要，可以直接找你了。是不是啊，沈迟？"

沈迟没说话，程荑往他那边看了一眼，点了点头："十分愿意效劳。"

艺术馆的主体设计已经完成，动工后还需要补充设计的部分仅剩建筑外墙和内室的墙绘。项目组想了很多方案，最终确定图案后，打算墙绘部分自己动手完成。

到了周末，事务所大部分人都到了艺术馆门口，甚至拉来了沈迟。

程荑收到何延发来的消息时，正窝在床上一动不动地享受周末。她看了一眼消息，从床上一跃而起，换上衣服去了艺术馆。

艺术馆门口，沈迟刚穿上工作服，蓝白的颜色，像是程荑先前在A大优秀毕业生荣誉墙上看到的少年，虽然他仍然是一副不苟言笑的模样。

程荑跑过去的时候，对上沈迟的视线。她弯着眼睛笑，换上一件工作服。等到要往梯子上爬时，她才发现自己穿裙子就是一个错误。

她穿了一件格子背带裙，扎了高马尾，额头上有着很明显的美人尖。

但这装束显然不适合今天的工作。

程荑站在原处不知所措，沈迟看了一眼，声音低沉："别上来了，帮我递东西。"

"好啊！"

她愉快地应下，帮沈迟打下手。

室内多是白色的，白色的楼梯和各种小设计干净无比。要做的墙绘只是二楼的一个展览厅，等到上半部分完成之后，几个人从梯子上走下来。

沈迟把手中的刷子递给程荑："要玩吗？"

"玩？"声音从大厅门外传来，一个男人抱臂走过来，语气调侃，"沈少，我这艺术馆，你就随便让人玩了？"

程荑站沈迟身后看过去。

沈迟大概心情还不错，轻拍了下她的肩膀："你去画你的。"

许航对这次的设计十分满意，本来只是上来瞧一眼，倒没想到会碰上这个场景，一向严肃的沈迟这是在哄人？

他推了下鼻梁上的眼镜，越发觉得站在沈迟身后的姑娘有点熟悉。

"这是谁啊？介绍一下。"

"程荑。"

听到这个名字，许航恍然大悟，曾经他们是一个大院长大的，显然，程荑已经完全不记得自己了。

"不会吧，程荑你不记得我了啊。"许航哭笑不得，干脆把挂在鼻梁上的眼镜摘了下来，语气颇为哀叹，"许哥哥我很是伤心啊。"

程荑停下刷墙的动作，试图把眼前高挑英俊的人和小时候住在大院的邻家胖哥哥联系起来，半天脑海中也无法绘成具体的形象。

程荑诚实地摇了摇头，其实关于儿时，她能记起的只有沈迟。

许航手搭在沈迟肩上，又仔仔细细看了一遍程荑，再想想今天两人的状态，眼神带着探究："你们两个，不会是在一起了吧？"

程荑还举着墙刷，咳了一声愣在原处："没有，没有。"

墙刷上的涂料甩到了工作服上，程荑弯下腰拿过一张湿巾轻轻地清理，就听见许航还在问沈迟。她听见沈迟冷漠的声音："没记错的话，你之后还有两处地方需要设计？"

许航的目光在两人身上流连了一会儿："行，不说了。同是大院的人，我已经被排除在外了。"

二楼的墙绘完成之后，是艺术馆的照片墙，专供前来观看展览的观众拍照留念的地方。

时间已经是傍晚，程荑站在沈迟旁边，顺着他描绘的线条仔细刷墙，时不时还要问一下有没有做错。

全部结束后，事务所的一位员工拿来相机要拍张工作照。

程荑拿着无处安放的刷子，她看着沈迟笑了笑，最后两个刷子都到了沈迟手上。

黄昏的时刻很美，月亮早早冒出来，太阳却并没有完全落山，余晖金黄。

程荑悄悄看了沈迟一眼，他正看着镜头，侧脸棱角分明，嘴唇微抿。

镜头在这时定格，许航抱臂站在镜头前，见状笑了下："小程荑，不要看你沈迟哥哥了，快看镜头。"

我不是。我没有。我什么都不知道。

被点名的程荑红了脸，低头回避两秒，又忍不住去看沈迟的表情。沈迟也在此刻看过来，目光交汇的一瞬间，程荑轻轻笑了笑，移开了目光，再看向镜头的目光里，笑意一直未散去。

是比此刻的晚霞还要美的瞬间。

某天程荑正在海豚馆工作。

下午观看海豚表演的观众是一众幼儿园小朋友，表演过程中一群小朋友格外捧场。等到结束的时候，小朋友们都围在栏杆旁边凑着脑袋看还没退场的海豚。

程荑下班之后，还有一个依依不舍的小朋友在海豚馆里。她摸了摸小朋友的脑袋，陪他聊了一会儿，送走他之后才看到角落里站着的梁梅。

梁梅是偶然路过这里的，她想起程荑在这工作，便走了进来，看完了整场海豚表演。

梁梅问她："这份工作累不累？"

程荑笑了笑，脸颊上有很明显的小酒窝。

"不累。"

她总觉得，做自己喜欢的事情，是不会累的。

梁梅和程荑待了一会儿，心情也变得更好了，照例邀请程荑去家里吃晚饭。

沈父正坐在阳台上摆弄花花草草，看着两个人挽着胳膊走进来，道："你梁阿姨可真喜欢你呀，每次和你在一起，可比和我在一起开心多了。"

程荑笑了笑。

梁梅还没放弃做饭，在厨房里忙活，程荑坐在沙发上左右无事，走到厨房里帮忙。

她拿着菜叶放在盆中，低着头准备洗菜，长发垂下来，她把头发扎成低马尾，忽地听见梁梅在问："小荑，你觉得沈迟怎么样？"

程荑动作僵住:"嗯?"

"我看你和阿迟相处得挺好的,阿迟和你在一起的时候,比平时的状态看起来好多了。"梁梅笑了笑,"你觉得你沈迟哥哥怎么样?"

"挺好的啊。"程荑低头洗菜,神色不分明。她自认为自己的表现并无什么异常,然而菜洗了许久,水龙头的水还在缓慢地流着,直到梁梅提醒之后,她才关上了水龙头。

程荑担心自己的心思被人看到,可转念一想,就算是被看到也无所谓。因为她确实喜欢沈迟,光明正大的。

梁梅在一旁说:"你沈迟哥哥,到现在也没个女朋友。我催他结婚,他也完全不理会。我都担心,还能不能看到他成家。"

程荑正欲说些什么,沈迟下完班也过来了这边,他把西装挂在衣架上,挽起袖子走到了父亲旁边和他一起下棋。

梁梅见状说:"你看他工作多忙,这都快两周了,才知道回来一趟。"

沈迟手上捏着棋子,无奈地笑了笑。

程荑经常在家围观程伟立执棋,关于围棋略微也懂一些。帮厨结束后,她就站在沈迟身后看他们下棋。下到中间,她脑袋往前凑,沈迟突然间回头,两人之间的距离一下子变近,她不动声色地后退,轻声问:"怎么了?"

沈迟回头继续下棋:"会下棋?"

程荑点了点头:"会一点,我爸经常在家下棋,我也就懂了一点。"

沈父闻言端起一旁的茶杯喝了口茶:"你爸下棋是真的不错,我还有些怀念老程的棋艺呢,现在都没有人和我下棋了。"

到了下一步,沈迟又回头,把一颗白色棋子递给她:"你来走一步。"

"我?"程荧不可置信地指了一下自己,满脑子的"我不行"。沈迟把白色棋子放在她手心,目光沉静,饶有兴致地等她把这一颗棋子落下去。

程荧思索半天,轻轻地把棋子落下,刚放下的那一秒,又想反悔:"等一下,我换一下位置。"

刚说完,沈父就乐呵呵:"小荧,落子不悔啊。"

程荧又对上沈迟的视线,懊恼地摸了下脑袋。

沈迟把手上的棋子放回去,轻声说:"输了。"

沈父拍了拍手起身:"行啦,我去帮你梁阿姨端个菜。"

沈迟收拾棋盘,程荧帮忙去捡黑色的棋子,手指不小心碰到了沈迟的手指。

仿佛烫手一般,程荧收回手,沈迟轻轻抬眼看她。

吃过饭后,梁梅叫住沈迟,关于让他尽快结婚的想法再一次被提起。梁梅依然是用着不急不缓的语气,却因着先前生病的事情多了许多的伤感。沈迟站在书房,手指掐了下眉心,只好先应下。

他送程荧回公寓。

尽管沈迟一如往常,并没有任何的情绪外露,程荧还是敏锐地感觉到他心情不佳。

她想起了梁梅说过的话,脑海中想着,嘴上也问了出来:"你在因为梁阿姨说的话心情不好吗?"

沈迟停了车:"你怎么觉得我心情不好的?"

程荧没有回答他,自顾自地把自己想说的说了出来:"我觉得梁阿姨说的也不对,关于感情的事情着急是无用的。"

她看着沈迟的眼睛:"如果是对的人,一定会在对的时间遇到的。"

她的眼神纯洁,干净,一如当初久别重逢看到的模样。

也像小时候的大院中,在他身旁一直吵闹的叽叽喳喳的小姑娘。

以至于在程荑下车回到公寓,向他告别的时候,他忽然提出了脑海中一直思考的事情。

他问程荑愿不愿意与他在一起,不是恋爱的在一起,而是结婚一样的在一起。

两人隔着不远的距离,夜晚安静,只有月光和昏暗的路灯融为一体。

周围并没有任何能吸引视线的事物,程荑全部的目光都落在沈迟的眼睛中,没有挪开一寸,心跳声震耳欲聋,不受控制。她根本没有去想这一切的原因,只是轻轻地点了点头。

沈迟还欲说些什么,她却在点头之后,先跑进了电梯。

她不想在他面前失控。

她的背影消失在沈迟视线中。

刚才说出的话是一时冲动,却好像也并不突然。

下午,他收到了许航发来的两张照片,是墙绘那天的留念。许航仅发来了两张:一张是程荑正在看着他,目光不偏不倚;一张是两人无意的对视。

许航在末尾还说:"过了这么久,程妹妹还是这么喜欢黏着你啊!"

在那一瞬间,沈迟的脑海中突然间重复播放一个画面。

他在想,如果未来将是这样的生活,或许也不错。

与程荑两个人的生活。

转眼数年过去，很多事情都发生了变化，唯独给程荑介绍对象的人依旧络绎不绝。

"程荑，你真的有男朋友了吗？我给你介绍的这个相亲对象，是我邻居的儿子，标准海归，帅气多金，身高颜值都上乘……"

程荑在海豚馆正式工作之后，光荣地成了各大部门阿姨们介绍相亲对象的最优选择。

程荑掐指算了算，介绍频率仅次于每天早晨从同事口中听到的"早上好"和"吃饭了吗"。

下午六点，海底世界的游客渐渐散去，人声鼎沸的海豚馆此时已经空无一人，恢复了清晨时的寂静。程荑从海豚馆出来，碰见在财务部工作的林籽。

林籽是专门过来找程荑的，本意是打算帮程荑介绍对象，不料却听到程荑亲口说已经有了男朋友。林籽今年刚结婚，都说脱离单身的人更热衷于做红娘，程荑对此深有体会，只觉得这句话着实不假。

林籽不愿相信，紧跟着再三追问。

也难怪大家都喜欢程荑。二十四岁的程荑，性格温顺，可爱迷人。

可是自从程荑来到这里工作以来，从未见到她在朋友圈秀恩爱，只是在努力学习如何成为优秀的海豚训练师，每天早早地来，晚上也很晚下班。

直到程荑拿起手机给林籽看一个男人的照片。

照片中的人看起来不苟言笑，俊朗的五官却难掩帅气，林籽念叨了两句，才颇为遗憾地离开了。

摆脱了介绍对象的林籽的穷追不舍，程萸长舒一口气。

初夏的傍晚早已没有春天时的凉意，夕阳落在身上，拉扯出长长的身影。

程萸笑了笑，正准备顺着海底世界的路回公寓，有人打来电话，她接起，听见陈桉的声音从电话那端传来："往路对面看。"

她闻言看过去，路对面一辆黑色的车摇下车窗，陈桉招了招手："晚上一起去吃饭？"

程萸挂断电话走过去，还没说话，车门突然间被打开，米璐从车上下来，扶着车门说："我能邀请程小姐共进晚餐吗？"

程萸惊讶地问："你什么时候过来的？"

"早就过来啦。"米璐晃了下手机，示意程萸看手机。果不其然，程萸的手机上有十几个未接电话。

程萸不好意思地说："我刚才正带着小七表演，没有听到。"

程萸来到海豚馆一年后，终于可以正式下水带着海豚小七表演。今天程萸本来只有一场表演，但游客颇多，除了规定的表演场次，临时又让程萸在下班前加了一场。

而今天米璐和陈桉一同前来纯属意外。

米璐毕业后留在江市工作，过去半年做的几个媒体项目成绩都还不错，成功升职。随着公司业务拓展至北城，她也时常出差来北城。

今天米璐去公司找总监签字，意外地看到陈桉，才知道陈桉的公司和她在同一栋楼。

曾经在 J 大时，作为程萸的闺蜜，米璐和与程萸一同长大的竹马陈桉也算是熟识,后来又一同去了国外留学,如今两人也成了朋友。两个人寒暄过后,得知米璐要来接程荑下班,陈桉便一同前来了。

程荑和沈迟结婚的真相,只有米璐和陈桉知道。

吃完晚饭之后,时间已经是九点,程荑在小区外下车,又看了看贪杯喝醉后睡在后座的米璐,嘱咐陈桉:"你把米璐安全送回酒店。"

陈桉笑着说:"遵命。"

目送陈桉的车开远后,程荑往电梯里走。

两个人结婚后便住在同一套公寓,只不过从沈迟以前的单身公寓换到了一个更大的公寓里。

自从程荑搬回沈迟的公寓,大概是为了避免尴尬,沈迟很少回公寓。她习惯性拿出钥匙开门,客厅里暖色灯光泄出来,她站在玄关处,看到坐在沙发上闭目养神的沈迟。

听到声响,沈迟朝程荑看过去。

其实程荑根本没有"男朋友",给林籽看的照片是曾经沈迟带她逛北城时,她趁其不备拍下来的。此刻看到沈迟,再想起来傍晚的事情,她不免有些心虚。

然而程荑走到沙发旁,却闻到了空气中浓烈的酒精味道。

程荑很少见到沈迟喝醉,这个时候也只能按照平常的方法去厨房冲一杯蜂蜜水。

不知是不是醉酒的缘故,程荑把玻璃杯放在沈迟面前时,沈迟并未伸手去接,深邃的黑眸看着她。刚应酬完回来,沈迟还穿着整齐的西装、紧扣的袖扣、黑色的腕表,一如平日的沉静和一丝不苟。

唯独被拉扯松的领带泄露了他隐约的醉态。

程荑有瞬间的失神，缓过神后觉得总不能放任醉酒后的沈迟躺在沙发上不管。程荑顶着小身板艰难地把沈迟扶到了他的房间，她放下手准备离开时，猛地被沈迟拽到了怀里，和他一起倒在了床上。

沈迟突然仔细盯着她，他碰了一下她的脸颊，醉酒后的眼神不甚清明，像是确认眼前的人是谁，随后才轻声叫了她的名字："程荑。"

沈迟的脸近在咫尺，程荑一时有些失神。定了几秒后，她确认沈迟真的叫了她的名字。此时感觉到沈迟温热的呼吸就落在自己耳畔，程荑的身体僵住一动不动。

愣怔了好一会儿，程荑听到身边的人发出均匀的呼吸声。沈迟睡着了。程荑轻轻呼气，才揉了揉酸痛的肩膀起身。

离开沈迟卧室，程荑身体发虚，后背贴上了墙壁。

啊！

程荑脸颊发烫，捂住自己怦怦乱跳的小心脏。

她欲哭无泪，到底什么时候，面对沈迟，她的心跳频率才能像是正常人一样！

次日程荑不需要工作，她赖床到上午才起床。作为一个典型的做饭黑洞，以往的早饭她都是去小区外的早餐店解决，现在懒得下去，程荑便去厨房随便做了一个三明治，想了想昨晚回来的沈迟，又多做了一份。

刚端着早餐从厨房走出来，就看到倚在卧室门口的沈迟。

沈迟眼神里早无昨晚的混沌，恢复清明，神色是一如既往的清冷。

他的目光落在她手中两份一模一样的早餐上，程荑顺着他的目光看了一下早餐，压下心底的不好意思，强装镇定地问："你要在家吃早餐吗?"

"嗯。"沈迟走过来,拉过椅子,径直坐在餐桌旁。

"哦,还有牛奶。"程萸脚步有些快,去了厨房。

倒是沈迟想起了昨晚的事情,深深地看了一眼她的背影,以及有些殷红的耳朵。

往常一个人的餐桌变成两个人面对面对坐,即便是程萸刻意想忽略沈迟的存在,也无法否认心里难得牵起的悸动。

晚上她和沈迟一起回家。

一路沉默。

北城的交通向来是一大问题,短短几百米的路程,已经堵了十几分钟。

等待前方车辆移动的间隙,程萸瞥向沈迟的侧脸,难免感叹沈迟的五官如同上天赏赐。五官轮廓稍显凌厉,如墨般的深眸,俊朗又好看。

程萸想,就算是现在,他走在学校也会被女生错认成完美学长,然后追着表白。

当时领证后的一次聚餐,沈迟的兄弟们还在调侃说,她程萸是捡到宝了。

此刻的沈迟安静等待,并未因为堵车而有任何多余的情绪。他好像总是这样,没有什么事情能让他心急如焚,甚至有一丝情绪的波动。

沈迟微微挑眉看过来,程萸轻轻笑了下。

车子行驶至梁梅家小区附近,海豚馆馆长突然打来电话:"小萸,现在有空来海豚馆吗?"

程茵没有立刻应声，疑惑地问："馆长，发生什么事情了吗？"

"你现在能过来海豚馆吗？要尽快。"馆长焦急地说，"小七今天情绪不太稳定，很暴躁，几个训练师试图安慰都没用。你和它相处时间比较长，你过来试试。"

程茵没有再继续问详细情况，毫不犹豫地说："我现在就过去。"

沈迟闻言减慢了车速，看向她问："要去哪里？"

程茵很抱歉地解释："海豚馆有事，我现在需要过去一趟。你在路边停一下车，我打车过去。"

这一去不知道什么时候才能回来，她接着说："今晚大概不能去阿姨家了。"

沈迟没有迟疑，在下一个路口转弯："我送你过去。"

"不用了……"

触及沈迟不容拒绝的目光，程茵乖乖闭上了嘴，恢复沉默。

到地方下车后，程茵又扒在车窗前面："你帮我……算了，还是我来解释。谢谢你送我过来。"

"不用。"沈迟深深地看了她一眼，顿了顿又说，"要回去的时候给我打电话，我来接你。"

"哦……好。"程茵说完就匆忙跑进了海豚馆。

沈迟看着程茵的背影消失在视线中，发动汽车离开。

没有人知道小七怎么会突然间变得暴躁，一整天都未吃任何食物。程茵换上工作服下了水，感觉到小七似乎心情不好，就在水中待着，安慰小七。

直到小七动了动，程茵才从水中出来，趴在水池边的栏杆上摸了摸此刻活跃起来的小七。

小七摆着身体凑过来,碰了碰她的脸,又蹭了蹭她的手,直到她笑着摸了摸它光滑的脑袋才罢休。

安抚完小七,她又陪它多待了一会儿后,不知不觉到了深夜。

程荑给沈迟打了电话,同尚在海豚馆的同事一齐往外走,看到了沈迟的车。她正要和同事告别,沈迟下车走了过来。

夜间朦胧的月色,沈迟背对着暖橙色的灯光,即便是眉眼看不真切,也依然能从渐渐靠近的修长身影中窥见一丝生人勿近的清冷气息。

女同事吸了一口气,靠近程荑耳边:"我总算知道你为什么从来不提你老公了。"

"什么?"

"怪不得你从来不让他过来接你!"女同事自顾自地说,"我要是有这么帅气的老公,也绝对不让他见其他女人。"

"……"

女同事看到沈迟走过来,上前打招呼。

沈迟目光兀自落在程荑身上,平日里程荑似乎并不愿与自己相处,就连待在同一空间都有些不安。

他未预料到程荑在同事面前会提起过两人的婚姻。

想到这里,他嘴角挂上了他自己都未察觉的清浅笑意,又极快地消失。

沈迟走到程荑身边,接过了程荑手中的包,朝她同事轻轻颔首。

女同事看到沈迟的动作,眼睛都亮了,碰了下程荑的肩膀,又说:"我们一直听说程荑结婚了,却从来没见过她的另一半。今天见了真人,没想到竟然这么帅气体贴,难怪程荑从不肯让你来。"

沈迟闻言低头看程荑，眼睛里夹杂戏谑笑意。

程荑有些尴尬，同事当然不知道两个人是什么情况，眼下说出来这话，怪不得沈迟都在笑。

一定是在调侃自己。

好在同事要等的车已经到来，不用再继续尴尬的对话，程荑松了一口气。

沈迟还维持着方才揽着她肩膀的动作，不知为何没有松开，带着她往车旁走。

程荑默默地想，似乎沈迟比自己更善于伪装，不然今晚他为什么会这么温柔。

第二天，程荑刚翻译完文件，陈桉的电话就打了过来，让她陪他去参加晚宴。程荑看着略多的翻译文件，打算今天处理完，所以果断拒绝了。

谁知陈桉对程荑的拒绝置若罔闻，紧跟着说："我请的翻译临时请假了，你忍心看着我面对一群说着我听不懂语言的人吗？"

"行。"程荑无可奈何，"你是不是故意打扰我工作的。"

"我这是拯救你无聊的生活，你看看你现在除了工作就是待在家里，我怕你过段时间就抑郁了。"

"我谢谢您嘞。"

程荑挂断了电话。

程荑和陈桉是名副其实的青梅竹马，确切地说，更像是好兄弟。

这么多年两人秉承着互为好"兄弟"的立场，在陈桉逃课去网吧打游戏时，程荑帮他在陈母面前维护高冷学霸努力学习的形象；程荑逃课追星去看演唱会时，陈桉也帮她在姜一淑面前隐瞒真相。

从小学到高中，一个学霸一个学渣，彼此不离不弃。只是高考的时候，程蘡埋头苦读半年后发挥超常，陈桉则发挥失常，两个人竟然又一同去了 J 大。

虽然程蘡也不明白一向数学满分的陈桉为何会错了一整道计算题。

同在 J 大的好处就是有了陈桉的辅导，程蘡的高数得以飘过及格线。

而现在，自己来到北城之后，陈桉的公司也将业务拓展至了北城。某种程度上，程蘡还要感谢陈桉，不然自己将无聊至极。

为了配合陈桉口中的商业晚宴，程蘡穿了一件浅黄色的短礼服，衬得皮肤白皙。陈桉开车来到她公寓楼下，给她打开车门："辛苦了，大小姐。"

程蘡翻了个白眼："再请一个翻译多简单。"

陈桉坐进驾驶位后，降下车窗，开玩笑说："小公司创业不易，今天翻译不在，就来请你帮忙了。"

陈桉口中的小公司并不小，陈父做境外贸易，陈桉接手后，短短半年已经将公司拓展至北城，并迅速站稳脚跟。

程蘡说："陈桉同学，你真的很谦虚。"

"过奖，过奖。"

陈桉往常都是带公司的翻译，有朋友猛然看到他身旁换了一个清秀漂亮的姑娘，纷纷打趣道："陈桉，你是换了翻译，还是带了女朋友过来啊？"

陈桉连忙解释了一下："这是朋友，被我请来充当两个小时的翻译。"

其他人也跟着笑，明显不信的样子。

程茰禁不住调侃，见陈桉还在和朋友聊天，就先离开去找米璐了。她刚才坐在车上和米璐聊天，得知米璐今晚也会参加这个晚宴。

看着穿着十厘米的高跟鞋，端着香槟淡定优雅地走向自己的米璐，程茰顿时觉得天雷滚滚。一天不见，米璐完全变了一个样子，她剪了过耳短发，涂了烈焰红唇。

这还是那晚醉醺醺后软绵绵的米璐吗？

米璐递给她一杯香槟："我这叫适应北城的商业环境，娇滴滴的姑娘可不适合在这里存活。当然你除外，你有沈迟，虽然你们也是假的。"

程茰接过香槟，又听米璐问："沈迟知道你来吗？我刚才看到他了。"

"不知道。"

米璐很诧异："你们还真的是合约夫妻，我以为你们一起生活了这么久，早该培养出感情了。"

程茰并不知道沈迟在这里，听到米璐说的话正愣怔，没想到就看到了往这边走过来的一男一女。

沈迟脚步顿住，走在他旁边的女人见状问："怎么了？"

隔着大厅中的人，程茰和沈迟的目光撞在一起。程茰试图分辨沈迟的目光中是不安还是震惊，可她发现，沈迟很坦然，仿佛此刻在这里遇见并不是令人意外的事情。

即便他身边的人是他的前女友。

在程茰身旁的米璐察觉到了不对："你们怎么回事？就算是合约婚姻，也不能这样公然……"

程茰不知要不要上前，但还是立马打断了米璐："不要乱说。"

再待下去，程茰甚至怀疑米璐马上就要冲上去替她打抱不平了。

她赶紧拉着米璐走，不顾身后依然落在自己身上的目光。恰好陈桉新业务的合作方到了宴会大厅，陈桉给程荑发短信让她过来。程荑对米璐说："陈桉让我过去，我先走了。"

米璐还在替她不忿，冷冷地说："你真不上去问问沈迟带女人来这里是什么情况？"

程荑装作无所谓："没关系，我和陈桉不也一起来的吗？好了，我真的要过去了。"

陈桉和合作方去了包厢谈合作，聊完工作，一行人移步到晚宴大厅坐下等待晚餐。座位上贴有宾客名字，过了一会儿，有人在对面坐下。

竟是沈迟他们。

大概沈迟也并不想在这样的场合见到程荑，程荑便权当没有看到他。好在晚餐期间并不需要翻译，程荑低着头不去看对面，沉默着吃晚餐。

饶是这样，她依然食不知味。

晚宴结束，桌上的其他人已经离开，陈桉先行起身去送合作方离开，周围只剩下他们三人。

程荑起身要走。

"程荑。"

她转身离开之际，沈迟叫了她的名字，拿起西装站起身。

他看着程荑要走，不想产生误会，遂走到程荑身边，介绍了宋菲："这是云知集团公关部负责人，宋菲。"

宋菲原本打算起身，听到沈迟对自己客气疏离的介绍后顿住，眼睛里闪过一丝不甘。

程荑笑了笑，又听沈迟介绍："这是我妻子，程荑。"

沈迟又对着宋菲说："工作基本已经谈完，后续如果还有需要，我助理会联系你。我和我妻子先离开了。"

过程中，程荑始终没有作声。

宋菲好像突然间想起什么，在程荑和沈迟即将走进电梯时，叫住程荑："程……荑？我们是不是见过？"

电梯门打开，程荑没回答，和沈迟一起走进了电梯。

出了酒店，夜晚天凉，他把西装披在了程荑身上，从远处看过去，程荑算是半倚在沈迟怀中。

沈迟曾在江市见过米璐，他和程荑站在一起和刚谈完工作下楼的米璐告别。米璐朝程荑眨眨眼，程荑在坐上副驾驶后打开手机，米璐发来了消息。

"你演技不错，刚才看你们站在一起，我甚至以为你们假戏真做了。"

其实这句话，不只是米璐，陈桉也曾经这么说过。

程荑垂眸，敛了神色，哪里是演技好，如果不是因为喜欢，她又怎么可能会同意和沈迟结婚。

如果不是因为喜欢……

沈迟见她异常沉默，捉摸不透原因。

但他还是打算解释一下方才的事情，并不想徒增误会："宋菲是合作方，今晚我们一起受到邀请，就聊了一会儿工作。"

程荑淡淡地说："你和谁在一起，都不必和我解释的。"

当时沈迟在她答应之后，又找她聊过一次。

程荧双手握住温热的咖啡,隔着少许的热气看沈迟的脸。他的表情依然是淡漠的,说话也面面俱到,并不打算占她便宜,许诺即便是结婚后,也给她完全的自由。

程荧想,如果父亲知道是这个原因,一定不会让她答应。可她也不知是为何,大概是被手中咖啡的温热给蛊惑了,仍然同意了。

而且那时她心里,还有一个期待。

她总觉得,等时间久了,她也可以成为那个对的人。

只是后来她才明白,人与人之间的喜欢不是共同度过漫长时光便能拥有,而是需要一个契机。

可这所谓的契机啊,什么时候能来。

"程荧。"沈迟叫她的名字,把她从过去拉回现在。

夜色渐浓,路两旁各色的灯光交汇在一起,凉风从车窗外吹进来。沈迟稍侧身,看她的眼睛,没有再解释一遍,只是说:"周末我陪你一起回江市。"

程荧要回江市给父亲过生日。

程父生日在周日,正是休息日,她早早订了回江市的机票。程荧猜想沈迟大概不会和她一起回去,压根没向沈迟提起这件事。

程荧并不记得自己有说过这件事:"你怎么知道我父亲生日?"

沈迟说:"前几天,你妈打电话过来,问我们周几回去。"

"我妈和你打电话做什么?"

"伯母要寄些糕点,没打通你电话,就打给了我,问我们大概几点到家。"沈迟缓慢开车,"你怎么没告诉我伯父要过生日?"

程荧声音里还带着方才的疏离:"你工作挺忙的,就没想让你一起回去。"

如果沈迟没一起回去,姜一淑必定会问自己,所以程荑早就想好了,到时对父母扯个"沈迟工作太忙要出差"的借口搪塞过去。

谁知道母亲竟然对沈迟提起了这件事。

她以为沈迟不愿意,便说:"如果你不想回去,我可以和我妈说你有工作要出差。"

前方路口绿灯变为红灯,车停下,沈迟目视前方:"程荑,以后这种事情你直接和我说就好,我会和你一起回去。"

程荑脑海中还闪现着晚宴上沈迟和宋菲并肩站在一起的画面,冷声说:"没必要,在我父母面前,你不用太经营我们的关系。"

沈迟听到她疏离的语气,轻轻蹙眉:"程荑,于情于理,这些事我也是应该做的。"

程荑心里郁结,却没有说话。她害怕自己一开口,语气中假装的不在意就会暴露在此刻别扭的气氛中。

她看向恢复前行的车流,结束了话题:"可以走了。"

她的脑袋轻轻挨着车窗,不知道从什么时候开始,以往两人之间那种轻松的气氛一无所有,反而多了些许沉重。

程荑没想到一语成谶,周六两人去机场的路上,沈迟的工作电话响起。助理语气紧急,说S市一项业务出了问题,需要沈迟亲自去处理。

沈迟让助理改签最近一趟航班,挂断电话后,有些抱歉:"临时有业务要处理,处理完工作若有时间,我会去江市。"

这个结果不过与最初的决定一样,虽然有一些心理落差,程荑还是淡定地接受了这个结果:"你处理完工作,我应该也回去了,不用了。"

到机场候机厅,沈迟取票后去了安检口。程葜的航班还有一个小时起飞,她在相反方向的安检口安检后,去了候机室。

刚到江市,就感觉到一股热浪翻涌而来,江市比北城更早进入夏天,程葜走出机场大厅,看到自家的车,迅速地钻了进去,扑到冷气口吹了好一会儿才舒服。

姜一淑坐在副驾驶座,回头看自家女儿,宠溺地责怪:"都结了婚的人了,怎么还像个小孩儿一样?"

"结婚了就不是你女儿了?"程葜凑上前,抢走了姜一淑手上剥好的橘子,又想起来米璐昨晚发的表情包,对姜一淑说,"我永远是你的小可爱。"

这一下连开车的程父都忍不住笑了,程伟立摇了摇头:"还是一点都不稳重啊。"

扮演成熟的大人已经非常累了,在父母面前,程葜只想做无忧无虑的小孩子。

这个季节的橘子酸得程葜一瞬间表情狰狞,她缓了缓说:"爸,沈迟临时有工作,今天去S市了,你生日没人陪你喝酒了。"

程伟立一男人,倒不怎么在乎这些,只是笑呵呵道:"沈迟刚才已经打过电话了,说下次专门来陪我喝酒。"

程葜算了算时间,沈迟应该是一下飞机就打了电话。

在江市的时间过得飞快,程葜周一不用工作,多待了一天才带着给梁梅准备的特产和礼物去了机场。

程葜回到家中,沈迟还在S市处理工作。她把礼物放在客厅,打算等沈迟回来再一起去送。无事可做，她去了小区对面不远处的游泳馆，这个月份游泳馆本就没什么人，她找了一条无人的泳道安静游泳。

她喜欢用这种方式获得片刻的放松。

北城对于她来说早已经没有了当初沈迟带她闲逛时的悠闲和心动，而是充满了压迫感。这半年来每次从江市回到北城，她都需要一段时间才能缓过来，再次恢复成无趣沉默的大人。

从游泳馆出来，她长舒一口气，顺着路往前走，蓦地瞥见马路对面停着沈迟的车。片刻，沈迟从后座下来，而后是一个女人。

程荑站了好一会儿，周围的人都顺着人流往马路对面走，只剩下她一人。

S市出问题的业务是和宋菲公司合作的，出现问题后，沈迟和宋菲先后到达S市共同处理问题。设计和资金方面同时出了问题，沈迟亲自到来，开会讨论后才终于确定一套完美的方案。

沈迟原计划周日去江市，不料对方公司老总的宴会邀请难以拒绝，沈迟便只好在周一直接回北城。

助理开车到机场时，沈迟还在和宋菲谈论后续工作，他便让助理稍后将宋菲送回去。

沈迟在小区门口下车，宋菲下车把他放在后座的文件递给他。

沈迟淡淡道："谢谢。"

视线无意间扫过马路对面，沈迟看到了程荑，目光便定格了。

宋菲顺着沈迟的视线看过去："程荑？"

沈迟这才想起宋菲还在旁边："嗯，你上车吧，我让助理送你回去。"

宋菲没动，只是开口问："等下。沈迟，你为什么会和她结婚？"

我不觉得你会喜欢她。"

沈迟没回答，助理从驾驶座探出头来："宋小姐，走吗？"

宋菲被晾在原地，即便是不想走，听到助理等同于催促的话，也不好意思再待下去。她看了一眼正在过马路的程莫，手猛地拉开车门，却不想在沈迟面前失态，留下极为克制的关门声。

程莫站在小区门口，沈迟走在她身侧一起往小区走。沈迟在她面前话很少，通常这个时候程莫会说一两句来打破这安静的气氛，但今天程莫也并不想说话。

夜晚显得尤为寂静，偶尔有小动物的声音从草丛中传出来。

程莫猜想沈迟并不会对她解释方才的事情，事实上，她也并不会觉得刚才的一男一女同坐一辆车会有工作之外的原因。

她了解的沈迟是坦坦荡荡的，上一次已经解释过，这一次便不会解释了。

可是为什么自己心中仍然像是梗了一根刺？

程莫回到房间，与往常别无二致的安静公寓突然间让她喘不过气来。还好馆长打来的关于去 A 市出差的电话解救了她。

A 市最近有一场动物保护会议以及安全训练动物指导，北城海底世界需要安排员工前去。因为小七最近情绪问题，馆长没再安排小七的表演，出差的任务就落在了程莫身上。

A 市曾被程莫列为毕业旅行必去城市，然而去年毕业季各种事情应接不暇，毕业旅行随之泡汤，她自然也没能去成 A 市。

接到出差的任务，程莫欣然应允。

她起床时沈迟早已经去了事务所，程莫独自收拾行李去往机场。

飞机即将起飞时，程荑关掉手机。临起飞前，她又打开手机，给沈迟发了短信：我今天去 A 市，出差一周，有事电话联系。

程荑发完短信又看了一会儿手机，沈迟没有回复，她关掉手机，戴上眼罩开始补觉。

A 市临海，刚下飞机，携裹着咸湿海风的空气扑面而来，程荑心里的憋闷散去了一些。

主办方订了距离海边最近的酒店，程荑放下行李，走到房间阳台，湛蓝的海一览无余，偶有风吹来，海面轻轻波动。

结束会议和四天的训练指导，余下的两天时间成了额外的假期，程荑带着单反沿着海岸线闲逛，权当是一场短途旅行。

临走前一天，她去了 A 市星沙海底世界，它有国内最大且储水量最高的海洋馆。海洋馆有一个玻璃通道，隔开了悠游的海洋生物。

程荑走进去，把相机装回包中，站在玻璃外没再移动。有鱼儿游来游去，轻轻靠近玻璃，望见靠近玻璃的人类就猛地缩回去游向远处。

再往里走，幽蓝且昏暗的光线覆盖了整个海洋馆，漂亮的水母发出颜色各异的光，极快地游动。旁边有一对情侣，女生捂着嘴小声感叹："好漂亮。"

女生身侧的男生没有看水母，而是目光温柔地盯着女生，笑着揉了下女生的头发。

等到情侣走远，程荑无端想起大三那年沈迟带她去海洋馆，也看到了这般画面。饶是当时的她已经目睹许多次那样的画面，还是忍不住再一次感叹。离开海洋馆后，她认真去问沈迟："你怎么会带我来这里？"

"助理推荐的。"那时沈迟是这样回答她的。

"喊。"程荧觉得沈迟的答案实在是无趣。

出差的这几天,沈迟曾给她回复了一条短信:"嗯,有事打电话给我。"

之后两人再没有联系。

思绪间,手机铃声突兀响起,程荧还沉浸于回忆,只以为是沈迟打来的,下意识地快步走出去接通电话:"喂。"

"你在做什么,怎么这么紧张?"

米璐的声音从听筒里传出来的瞬间,程荧回神,肩膀塌下来:"在海洋馆。"

"我被老板压榨这么久都没你这么有气无力。"米璐说。

"说吧,要做什么?"

"为了庆祝你出差归来,我特地组局为你接风。"

"说人话。"

"……"

米璐立刻转口说:"好吧,新认识的几个朋友组了个聚会,你和我一起参加吧!"

程荧噎了一下:"你不是刚来几天吗?哪里认识的朋友?"

米璐道:"我又不是你。"

程荧对聚会没什么兴趣:"那我不去。"

米璐开始卖惨:"你忍心我一个人孤独地去参加聚会吗?"

程荧忍不住拆穿:"我发现你和陈桉总喜欢把孤独这个词挂在嘴边要挟我,干脆你叫上陈桉一起去得了。"

"别了吧……"

"等会儿,我怎么觉得我仿佛错过了很重要的东西。"程荧察觉一向大大咧咧的米璐突然支支吾吾，"你和陈桉之间发生了什么？"

米璐沉默了。

她来到北城那天喝醉后被陈桉扶回了酒店。等她翌日酒醒，关于前一晚的细节齐齐涌进脑海，她才想起自己做了什么。

她不仅在回酒店房间途中死死抱住陈桉的脖子挂在他身上，更在到酒店房间刚被陈桉扶到床上后，就拽住陈桉直到把陈桉压在身下上下其手。

这种丢人的事情，她可不打算向程荑提起，更何况……算了！

米璐干脆转移话题："其实这次的聚会，在我同事朋友的酒庄，简而言之……"

"好，我去，我愿意为了你舍弃我宝贵的时间。"

米璐毫不留情地拆穿："你不要以为我不知道你是为了酒才答应的。"

聚会当天，程荑去找米璐，刚到酒店就被米璐拉去先改造了一番，到了造型工作室被造型师好一番摆弄。程荑看了看夸张的性感长裙，恐惧道："我只是陪你去聚会，为什么要进行这么恐怖的大改造？"

米璐挑了一个长耳环挂在自己耳朵上："我是来拯救你无聊生活的。"

程荑抗议道："我的生活有这么无聊吗？你们一个两个都要来拯救。"

"天地可鉴，真的有。"

酒庄位于城郊，露天晚会在高尔夫球场旁边，程荑被米璐拖着和朋友打招呼，一圈下来脸都僵了。她庆幸自己临走之前放弃了长裙和高跟鞋，不然一圈下来，大概会废掉。

她站在桌边拿起一杯酒，身后有人走过来打招呼："程小姐，你也在这里？"

程荑转身看过去："李总，你好。"

"不用这么客气，叫我李竞就好。"

程荑曾接过几次异昇娱乐公司的翻译工作，一个月前异昇公司同法国某品牌合作，公司缺少翻译，作为业务能力深受认可的翻译，程荑被公司聘请全程参与了会议。

李竞便是异昇的 CEO。

程荑没再接着说话，本以为李竞稍后便会离开，没想到李竞又跟她继续聊了一会儿。

过去两年内，异昇公司如异军突起一般，已成为顶尖娱乐公司。再加上李竞长着一张颜值不亚于自己公司旗下艺人的脸，他站在程荑面前这么久，两人俨然已经成为众人的焦点。

直到米璐过来拍了下程荑的肩膀，李竞才微微笑着告别。

米璐也拿了一杯酒，看着李竞的背影："你俩再聊一会儿，明天的头版头条就安排上了。怎么认识的？"

程荑微微晃了下酒杯，喝了一口，言简意赅道："我给他做过翻译。"

米璐轻轻碰了下她的酒杯，视线扫视了一圈："长得挺帅的，我敢保证，今天来的女生有一半是在讨论他的。"

程荑并不感兴趣，眼看着晚宴即将开始，直言道："男人不重要，今晚酒最重要。"

程荑说到做到，她许久没喝酒，坐在角落里默默品酒。她显然高估了自己的酒量，而一旁的米璐已经在喝醉的边缘。

程荑拿起手机，停在通讯录上，脑袋略迟缓地在想要不要麻烦沈迟来接，手指却有些不听使唤地按下了通话键。

沈迟的声音传过来时，程荑清醒了一下，她听见沈迟叫她的名字后立刻说："啊……我……打错了。"

沈迟知道程荑的航班是今天到北城，他鬼使神差地推掉了公司的聚会回家，没想到程荑并不在家，现在又听到了程荑和平日并不相似的语气，便问道："你现在在哪里？"

程荑握着手机，听着沈迟经过电流过滤的清冷嗓音，大脑不听使唤地说了自己的位置。

意识到自己说了地址之后，程荑摇了下头，去洗手间用凉水洗了把脸让自己清醒一点。从洗手间出来，她倚在墙上。

尽管沈迟并没有对她所说的地址有任何的回应，程荑却莫名笃定沈迟会来接她。

这时陈桉的电话又打来："在干吗呢，出来吃饭呗。"

"和米璐一起在酒庄，她现在喝醉了。"

作为多年的酒友，陈桉对程荑再了解不过。程荑每次喝完酒，语气越平静，醉得越狠。他也没再啰唆，念及程荑和米璐两个女孩子："我去接你们。"

"不用，有人来接……"程荑话没说完，陈桉已利落地挂断了电话。

知道沈迟会过来后，程荑多了许多安全感，便任由自己喝醉。

陈桉离这里比较近，他很快赶来，看到了喝醉的两个人。沈迟到来时，陈桉刚要叫醒程荑。

酒庄的主人杨一和沈迟是朋友，沈迟来时打了个招呼，这会儿两人边聊边走过来。看到喝醉后趴在桌上的程荑，目光又落到一旁的陈桉身上,沈迟微不可见地蹙了眉。

陈桉在生意场上见过杨一,上前握手打了招呼,又朝沈迟点了点头。

而一旁的沈迟只是给了一个眼神便挪开了视线。

程萸哪儿知道这些,她只是睡着了突然觉得冷,无声打了个寒噤就迷糊着醒来了。视线扫过虚晃的人影,她勉强看清了周围的几个人,在看到沈迟后,她便一动不动定定地望着。

醉酒后的大脑迟钝,程萸一时想不起在哪里,说出的话也便大声且爽快:"沈迟。"

像极了几年前在江市,还拿沈迟当陌生人的语气。

杨一挑了下眉,并不清楚目前是什么情况。不过他看到趴在桌子上的姑娘,倒猛然想起来,她是沈迟的妻子。

他和沈迟在北城同一个大院长大,自然知道沈迟结婚了。但也不怪他这时才想起来,沈迟结婚后每次聚会都不带他妻子过来,也从未提过,大家几乎忘记沈迟已经结婚的事实。

更何况,他们这一帮人都知道沈迟结婚的真正原因。

他环抱双臂摆出看戏的姿态,不料沈迟倒应了一声,随后走到桌前。

程萸看到沈迟走到眼前就更晕了,弯起嘴角傻傻笑了一下,张开双臂抱了上去。

杨一也就看看戏,谁知道沈迟完全没躲,任由那姑娘抱着,甚至在那姑娘踮脚要搂他的脖子后,微微倾了身,而后伸出手臂,接住了姑娘的拥抱。

哪里还有大学时,他面对女生冷眼旁观以及不近人情的模样。

此时的他格外温柔。

杨一目瞪口呆。

什么情况?两人来真的?

他可是从来没有忘记,大学时前赴后继向沈迟告白的女生是如何满含眼泪失败而归的。

沈迟拒绝女生,向来是毫不留情。大一结束时,同在建筑系社团一年的女生趁聚餐后喝醉,站在沈迟面前告白,小心翼翼地说:"我喜欢你。"

结果,沈迟很认真地说:"我不认识你。"

总之,每一个告白现场,结束得都很惨烈。

沈迟看着挂在自己身上不见清醒的人,又听见她在持续性小声地说乱七八糟的话,放弃了让她自己走的想法,索性一下把她抱了起来。

这下惊得杨一下巴都要掉了,他望着沈迟的背影,把刚才随手拍的照片发到了大院少爷群里。

杨一:啧啧啧。

李木:哟,沈少不是还有一个合约妻子吗?还敢这么光明正大和别人……

顾年:等等……这个搂着沈迟的,不就是他妻子吗?

张云先:???

李木:合约婚姻变事实婚姻了?

许航：散了散了，看这架势，沈少要栽了。

话题中心的沈少刚把程萸放上副驾驶座，挣开了被程萸死死环抱的胳膊，给她系上安全带。他在驾驶座坐定，才看到群里几位少爷无聊的聊天记录。

莫名其妙。

车内有淡淡的酒味，程萸看了他一眼。

他只是为了减少更多不必要的麻烦。

程萸还在小声说话，沈迟对她的生活知之甚少，但也大概能听出来她正在对着小七说话，过一会儿，就变成了叫自己的名字。

等沈迟应声，程萸又不作声了。手掌在空中无意识地挥了挥，落到沈迟手臂上轻轻抓了抓，像是终于确定了什么之后，她的手放在他胳膊上就不离开了。

沈迟轻轻挑眉，想看她还会做什么。过了一会儿，程萸就狠狠拍了两下他的手臂，喊了一声他的名字。

沈迟还没发动引擎，侧过身要听她说话。程萸的手突然间摸到了他的脸，微凉的手指挨着温热的肌肤，他无法忽略。

他伸手要把她的胳膊放回原处时，她的手又收回了，抓住他的胳膊。伴随着清浅的呼吸，她乖乖地睡去了。

沈迟歪头笑了下，认命地启动车辆。

直到车停在楼下，程萸都还在安静地睡着。喝醉后的程萸脸红红的，大概是车里太过封闭，她连呼吸声都重了一些。

公司近期新拓展的业务需要沈迟亲自上阵，他已经连续几天熬夜。

接到程荑的电话时,他还在开会,好在会议几近结束,他吩咐助理继续后就过来了。

助理此时发来短信告诉沈迟会议已经结束。沈迟紧绷的神经难得放松片刻,他把车窗降下去,将座椅调好后,胳膊垫在脑后,缓缓闭上了眼。

本想闭目养神片刻,没想到竟然就睡去了,再醒来已经是两个小时之后。

两个小时的睡眠令他舒爽不少,他掐了下眉心,看了下腕间的手表,想起车内还有一人。

沈迟偏头看了一眼,和程荑懵懂的视线相撞。

程荑也是刚醒,没缓过神,脑袋还隐隐作痛。她一动不动地盯着沈迟,眼睛眨了眨,见沈迟看过来,仍没反应。

沈迟便料到她还没醒酒,若是平时,怕是早就推开车门下车了。

他刚睡醒,心情还不错,嗤笑一声:"醒了?"

程荑转过了身,脑袋靠着椅背,自言自语:"沈迟,你刚才在笑吗?"

喝醉的她倒真的和久别重逢后初见的姑娘一模一样。

他没说过,当时在江市的半个月,整天面对枯燥的文件,在办公室聒噪地不停讲话的程荑算是帮他解压了不少。

现在沈迟听她自言自语,正在想她还能说出什么话,她就接着说了一句:"你笑起来真好看,像好天气。"

说完程荑自己笑了,大概是想起来这是一句相当经典的土味情话。土味情话说起来,果然是很……土呀,但确实是她当下最想说的话。

你笑起来真像好天气。

沈迟突然间想起,似乎她之前也说过这句话,只不过没有后半句。

哪里有人会形容一个人的笑像是好天气，真的像是喝醉后的醉话。

一抹笑意自嘴角蔓延又霎时消散，沈迟竟然觉得刚才那一瞬间，浑身的疲惫似乎完全消散。程荑还在呆呆地看着他，他问她："还要睡吗？"

程荑眨了下眼："嗯？"

沈迟又问："你要怎么回房间？"

程荑听懂了，却很疑惑，她皱了皱眉，声音不太清楚地说："和你一起回房间。"

"嗯？"

程荑声音突然大了："我要你背我回房间。"

是真的还没醒酒。

沈迟也不欲与她计较，打开车门下来，看她扑过来的两只胳膊，只能先抱住她。最终仍是沈迟把程荑抱回了房间。

沈迟第一次进程荑的房间。程荑的房间和大多数女生不太一样，浅色调的房间简洁干净，桌子上和墙上挂着海洋馆的纪念品和标本。

角落里是两个行李箱。

沈迟看看近乎空荡荡的房间，一瞬间觉得，此刻正在睡觉的小姑娘并没有打算把这里当作家，更像是已经准备好要离开的人。

沈迟站在阳台上，忽然怀疑找程荑结婚算不算是一个错误。

程荑再醒来的时候是第二天下午，昨晚发生的事情一股脑地闯进脑海，她懊恼地抓了下头发。

她竟然喝醉了？然后还让沈迟背她？

沈迟大概是被她折磨疯了，竟然还抱了她。

此刻完全清醒过来的程萸并不想认识昨天的程萸。

哲学家说，人不可能两次踏进同一条河流，那么昨晚的自己和今天的自己并不是同一个人。

嗯！完全没问题。

为了避免今晚在公寓见到沈迟会更尴尬，她决定现在先去找米璐。

米璐今晚就要离开回江市，现在正赶着最后一份工作。公司旗下的某产品新签约了代言人，正在拍摄宣传照及宣传视频。米璐正在安排拍摄，让程萸直接来拍摄场地。

程萸到摄影基地时，米璐正忙得不可开交，没有时间出来接她，在电话中告诉她摄影棚的位置。

程萸挂断电话往摄影棚走。

但是谁能告诉她，为什么她会在影视基地见到与时尚圈毫不沾边的建筑师沈迟。

确切地说，是在拍摄场地。

沈迟穿着黑色丝绒西装，周围簇拥着一群工作人员，凌厉的五官，挺拔的身高在人群中格外显眼，说他是新晋小生都不为过。

一旁有工作人员和他核对稍后的拍摄细节，他微微弯腰，侧身听工作人员说话。

程萸甚至看到了身旁一大群来影视基地探班的粉丝偷偷举起了手机来拍沈迟。大概是粉丝们讨论的声音过大，沈迟周围有两个工作人员看过来。

沈迟也随意扫了一眼。

程萸避无可避。

他站在那里，自成一道风景，微风浮动，沉静的身影安静站着，隔开了周围的人和身影。

他身旁的工作人员不知道什么情况，齐齐看过来。

这一刻，程荬多希望自己能立刻混进粉丝里，然而她看了看粉丝们穿着整齐的应援服，只能望而却步。

难道她要举着应援手幅，高喊"哥哥加油"吗？

"拍摄还有半小时开始，我们现在去摄影棚。"杂志社的工作人员提醒道。

"嗯。"

沈迟单手插兜，迈开长腿，往另一个摄影棚走过去。

程荬一直看着他的背影。沈迟在走进摄影棚之前，拉开门，朝着她的方向看了一眼。她只得咧开嘴角，挥了下手，苦笑着打了个招呼。

拍摄进行到中途，到了休息时间，米璐的工作暂时告一段落，核对流程后出来接程荬。

程荬站在摄影棚前，正低着头不知道想什么。

米璐揉了下因为工作而酸痛的肩膀，看到站在摄影棚前的程荬，拿着手上的文件拍了拍她的脑袋："站外面不进来，等谁呢？听说今天最近爆火的李渔要来，怎么，你也喜欢上他了？"

程荬转身，声音听起来并无兴趣："李渔是谁？"

"李渔你都不知道？就算没看过八卦也会知道吧，最近演了一部剧火起来的当红小生。在你的周围，平均三个人就会有一个人在谈论这个名字。"米璐非常公式化地说完了这一段话，回头看程荬一双并没有波动的眼睛。

"啧,进来吧,外面太热了。"

到底是没忍住,程荑走进摄影棚,问米璐:"我刚才看到沈迟了,他怎么在这里?"

米璐极其不配合,笑道:"喂,作为沈迟明媒正娶的女人,难道这句话不是要问你吗?"

米璐看了看程荑的眼神,分明透着冷漠的警告:你再说一句,我就杀了你。

米璐识趣地不再调侃,正色道:"老实说,我真不知道,不过隔壁摄影棚据说是在拍杂志。不过,说真的,沈迟总算是学会利用他的脸了。这样完美的脸不就应该印上杂志出刊嘛!当然,也更适合留在家里当男朋友。程荑,你真应该努力,和这样的人在一起,还有比这更幸福的事情吗?"

程荑不言不语,米璐又恍然说道:"不对,更幸福的事,应该是和沈迟同床共枕。"

"……"

沈迟是被迫过来拍杂志照的。

顾年最近喜欢上一个姑娘,是在一个艺术展偶然认识的,打听后才知道她是《时尚》杂志的主编任然,奈何这位主编无论顾年怎么献殷勤都不理会。

顾年热脸贴冷屁股也贴得不亦乐乎,得知《时尚》九月刊主刊经济版块缺重量级人物,硬是开着跑车跑到沈迟事务所实力卖惨:"沈迟,看在我好不容易碰到一个想要征服的姑娘的分上,你作为好兄弟,不能不帮吧。"

沈迟低头批阅文件，毫不理会。

顾年各种鬼话信手拈来："沈少，你在公司广大女员工中受欢迎程度不亚于那什么李渔。你就抛头露面一次吧，就当是造福社会。"

沈迟按了下办公桌上的电话："把顾总请出去。"

"等一下。"顾年对于沈迟的拒绝表示很心累，又突然想起什么，正色道，"听我爸说，北城东区近日计划要建一个工程，要拆一部分建筑，你家那位工作的海豚馆位置较偏，说不定……"

沈迟按着电话的手没动，又接着说："忙工作吧，不用进来了。"

顾年喷了一声："上次杨一说你们有情况，现在看来，还真的是。"

顾年一时忘记了自己的事情，开始八卦兄弟的感情状态："所以是真的有事情？"

"你很闲？"沈迟停下手中的动作。

"不闲，不闲。"顾年回到自己的事情，"打算帮忙吗？"

沈迟在文件上签字，语气冰冷："后天下午，我有两个小时时间。"

顾年忙不迭点头："够意思，哥们儿，我先走了，回头你小媳妇的事情绝对给你搞定。"

顾年走出沈迟公司，拎着手上的车钥匙抛了下，就往大院群里分享了这个八卦。

等顾年离开，沈迟记下杂志拍摄的事情，并提前申请了年假。

沈迟掐了下眉心，他并不喜欢这种杂志拍摄。梁梅两天前说酷暑到来，打算去山上度假一段时间。沈父虽然早早把公司交给沈迟，但因交际场上的事情也不得空，要晚两天才能陪梁梅。她便说让沈迟和程荑同去两天，恰好最近都没见到程荑。

梁梅自从生病之后性情便不如从前，沈迟自然也不忤逆她，便让助理安排了程荽没有工作的几天。

他刚才答应顾年,也是存有些许私心,尽管他之后并不会告诉程荽。

拍摄工作进行得很快,毕竟沈迟这张无可挑剔的脸任何角度都承受得住镜头的检验。他坐在高脚凳上,长腿踩在白色的拍摄布景上,不必过多的动作,便已经吸引了所有人的目光。

摄影师连连感叹"Perfect"。

拍摄结束,任然从电脑前的摄影照前起身,向沈迟道谢:"谢谢你愿意来参加这次的版块栏目拍摄。"

拍摄完成后,沈迟脸上已有细汗,洗过脸后,他接过了一旁工作人员递过来的干净白毛巾。脸上还挂着水珠,沈迟微抬下颌,示意是顾年的功劳。

一向自诩忙碌却在摄影棚陪同了一下午的顾年上前问:"主编,拍摄已经结束了,不如一起吃晚饭?"

任然不为所动,礼貌地说:"谢谢沈总和顾总,今晚我做东,请两位吃饭。"

顾年站在任然身后,朝沈迟使眼色。

助理把沈迟拍摄时丢在一旁的手机递给他,沈迟接过手机,低头边发短信,边淡淡地说:"我就不去了,今晚已经有约了,先失陪了。"

程荽站在米璐身边,手机提示有一条短信进来。她点开看,是沈迟发来的:"我在摄影棚外的咖啡馆等你,晚上一起吃饭?"

米璐见程荽盯着手机屏幕,问:"看什么呢,这么入迷?"

程荽弯起嘴角笑:"沈迟给我发消息了,说一起吃晚餐。"

米璐啧了一声,这边拍摄已经结束,她问:"考验你的时候到了,选择我还是选择他?换句话说,如果我们两个同时掉进水里,你会救谁?"

米璐说完,程荑冷漠地回复:"哦。"

米璐摇头:"果然是嫁出去的闺蜜,泼出去的水。"

程荑走过去帮她拖着行李箱:"当然是先送你去机场才行。"

从摄影棚刚走出两步,一辆黑色的车就在她们身旁停下,沈迟从车上走下来:"我送你们去机场。"

米璐挑了下眉,在程荑看不到的地方,不怀好意地笑了下。

程荑陪米璐坐在后座,沈迟在前面自在地开车。到了机场,取完机票,米璐抱了抱程荑,站在沈迟面前说出的话听起来语重心长:"对我们程荑好一点。"

沈迟微微颔首,淡笑道:"嗯。"

重新坐上车后,程荑才想起来沈迟发给自己的短信:"对了,你找我有什么事情吗?"

车停在一家餐厅前面。

程荑记得这家餐厅需要提前一周预约,并且老板极其傲娇,每天的菜单全凭老板心情。沈迟把车钥匙放到服务员手中让其停车,和她一起走进餐厅。

餐厅里别有一番特色,需要先绕过走廊进入后院。后院里有一个个坐落在小桥旁边的亭子,旁边是静静流淌的清澈的水。

没想到,北城还有这样的地方。

在服务员的带领下,两人在里侧的亭中落座。沈迟还没打开菜单,餐厅的老板就走了过来。程荑没想到这家餐厅是杨一开的。

"嫂子好啊！"杨一让服务员先离开了，自顾自地坐在椅子上，"哦不对，应该是弟妹。"

杨一坐在那里，眼神在两人身上缓缓扫过。除却平日里的聚会，沈迟还是第一次带人来他的餐厅，带的人还是让人有些意想不到的程荑。

带程荑过来当然没什么问题，只是他们几个朋友对于沈迟结婚的原因还是清楚的。

这么看来，就有些意思了。

沈迟把菜单给程荑，杨一大手一挥："把这里好吃的菜都做好送上来。嗨，忘了，我们餐厅没有不好吃的。"

最后，杨一很体贴地送上了各种口味的菜，只是他被沈迟赶走了。

杨一走的时候嚷嚷："良心被你吃了吗？都不留我在这里吃饭？"

沈迟笑了笑，薄唇微启，说出口的话却是毫不留情："快滚。"

"下个月月初，有空吗？"

等杨一走了，沈迟才轻声问。

程荑疑问地问："关于上山度假的事情吗？我已经答应梁阿姨了。"

见她已经知道，沈迟也不再问了："嗯。"

沈迟接着说了一句："我和你们一起去。"

程荑眼睛亮了："真的啊？"

"我什么时候骗过你？"沈迟好笑地答。

两人"婚后"新买的住所离程荑工作的地方更近，沈迟送她回去后，又回到了事务所。

年假申请后,各种项目都攒到了一起。

针对最近合作的设计项目,事务所周一开会时,何延把几个待合作的项目文件放到众人面前:"挑吧,谁有兴趣接哪个项目,会议结束之后报备一下。"

会议结束后,何延把一个单独拿出来的项目文件丢在沈迟面前:"沈迟,这个你负责吧。"

沈迟拿过来看了一眼标题,是一个关于酒店的设计项目。他翻看了几行内容:"刚刚是不是有个关于海豚馆的重建项目。"

何延满不在乎地说:"海豚馆啊,对,是重建。不过项目不是很大,我本来准备留给别人的,你有兴趣?别啊,还是负责这个酒店吧。"

沈迟言简意赅道:"这个项目我接,其他的等我休假回来再说。"

何延满脸困惑:"你怎么突然对这个感兴趣了,难道是童心未泯?"

何延一拍脑袋:"我想起来了。程荑就是在海豚馆工作吧,原来你是因为这个,啧啧啧。"

沈迟抬眼看他一眼,无视调侃。

旁边有人插嘴:"而且这个海豚馆就是小程荑工作的那个。"

"哦……"何延拖着长腔回答。

周末的时候,沈迟去了一趟海豚馆,并没有提前告诉程荑。那天上午,程荑没有带着小七表演,上午的表演场次都是季风的。

表演中途休息的时候,原本在观众席上的小朋友冲到前面,兴奋地趴在栏杆上观看。

程荑就负责给小朋友们讲解。

她扫过观众席,才发现坐在边上的沈迟。穿着衬衫的人眉眼疏离冷漠，看起来与此情此景格格不入。她愣在原地，身侧的小朋友拽了拽她的衣角："姐姐，下一场表演什么时候开始呀！"

程荑收回视线，摸了下小孩的脑袋："还有十分钟，大家都先回到座位上面吧。"

有一位同事走过来接替，程荑先把小朋友们安顿好，才一步步踏上台阶走到沈迟身边。她手背在身后："你怎么来了？"

"来看看。"沈迟看着站在自己面前的女生，正在笑着，但看起来比刚刚在下面拘谨一些，"你们这海豚馆是不是要另建一个？"

程荑明白了他此行的目的："嗯，新建海豚馆仍在这个公园内，你们负责这个项目吗？"

"嗯。"沈迟点了下头。

程荑在他旁边的座位上坐下，海豚馆里清凉舒适，她抱着膝盖，视线锁在下方的表演场上，眼里有毫不掩饰的喜欢和热爱。

看了一会儿，她歪过头去，见沈迟也在看表演，如是说："我以为你会觉得无聊。"

沈迟淡笑不语。

下班时间到了，沈迟陪程荑跟随着人流往出口处走。有一个小孩莽撞地跑过来，眼看着就要撞到程荑，沈迟揽住她的肩膀，把她带离到一旁。

程荑被他揽住，和他面对面站着。

清澈的眼睛中，是自己的身影。程荑低下了头，快步向外走。等沈迟去开车的时候，程荑就站在路边等他，见他过来，自然地轻轻一笑。

沈迟突然开始想，他为什么今天会来这里？

显然并不是因为海豚馆重建的项目，甚至于为什么会选择这个项目他都有些说不出来。何延问起的时候，他大概是迷茫的。

或者说，是一时的冲动。

他自持冷静，少有冲动抑或是失控的时刻。可偏偏，少有的几次冲动都因为她，之一是提出结婚，之二是接了项目，之三是今天来到这里。

他和她结婚，算是一场合约，各自相安无事便好。可现在，他能感觉到，自己对程荑的态度早已经发生了改变。

还有一些连他都未曾察觉到的细微变化，从他人口中说出来，他才明白根源在于程荑。但究竟因为什么，他自己似乎也不清楚，他没想到，他也有困惑的一天。

失控是爱情的开始。

后来，沈迟无数次想，这个道理，他应该早些明白的。

决定要去山上度假，程荑打算做些准备，她拎着公寓的钥匙往楼下走，在门外遇到了刚下班回来的沈迟。程荑正哼着歌，撞见他之后愣住了。为了避免尴尬，她傻傻地问了一句："要一起吗？"

沈迟"嗯"了声，就真的按了电梯，随她一起下去了。

超市里大概是人间烟火气最浓的地方。

沈迟推了一辆手推车，程荑想了想自己的购物清单，提前打了一剂预防针说："我买的东西可能有点多。"

其实大多是零食。

看着满满的购物车，程荑第一次因为自己惊人的购物欲有些羞赧，以往她自己一个人来超市，并不觉得有什么，现在沈迟在身旁，程荑就有些不好意思。

程荧站在货架前，打电话问梁梅："阿姨，你有喜欢吃的东西吗？"

"怎么又叫我阿姨了，还不快点改改你的称呼。"梁梅笑着在电话里和她聊天。

程荧一边低着头接电话，一边往前面走，笑着问有什么需要买的生活用品。

沈迟揽了下她的肩膀，提醒她注意前方的人："小心。"

梁梅听到了沈迟的声音："阿迟在你身边？"

"嗯。"程荧看了沈迟一眼，"需要我把电话给他吗？"

"不用。"梁梅笑得很开心，"我和你们谁聊不一样，再说，还是和你聊天比较开心。"

想买的零食在最高层的货架上，程荧踮起脚也没能够拿到。沈迟走上前，站在她身后帮忙拿了下来。零食丢进购物车的时候，程荧转过身说："谢谢。"

没料到两人离得很近，一转身她就撞上他的胸膛，而沈迟听到她说话下意识地垂眸低头，他的嘴唇碰到了她的额头，感到柔软的触感。

旁边恰好有两个女生经过，程荧能听见她们轻声的聊天内容：

"我的天，逛个超市都能看见秀恩爱的吗？"

"狗粮我真的吃够了。"

两个人的声音渐行渐远，还有一句话慢慢飘进耳朵——

"不过，两个人看起来真的是很配啊！"

程荧愣住了，眨了眨眼。她很想说什么来缓解一下气氛，却发现自己此刻哑口无言，她似乎看见自己通红的耳朵和脸颊。

趁沈迟转身推车的时候，程荑站在他身后，悄悄地摸了一下额头。果然是很烫啊，大概已经烫到能灼烧自己的手指了。

走在前面的沈迟回头看了一眼，程荑登时收回自己的手指。

程荑有些心虚，感觉自己刚才摸额头的动作，好像在故意回味似的。

从超市出来，沈迟拎着几个塑料袋，程荑伸手想要帮忙减轻负担，但是沈迟似乎并不领情，只让她跟在身后。

快到停车场的时候又碰到了超市里的那两个女生，见他们走过去，还打了招呼。程荑看着那两个女生，总觉得刚才超市的一幕在无限放大。

现在谁看向自己，程荑都有种被拆穿心事的感觉。

但是沈迟为什么没有丝毫异常？

可能还是有一丝异常的。

比如此刻，坐在驾驶座上的沈迟没有找到车钥匙，程荑系上安全带之后，小声提醒："钥匙就在你的左手上……还有，记得系上安全带。"

所以，还是有一丝变化的吧？

公寓所在的小区很安静，晌午时分并没有多少人，并肩而行的两个人同时沉默。看到停在小区外的车时，程荑猛然想起，自己昨天把住址给了陈桉的事情。

陈桉已经打算将公司分部开在北城，近几日陈桉父母也来了北城，知道程荑在北城，便让陈桉叫她一起吃饭。

陈桉从车上走下来，他换掉了以前爱穿的运动装和休闲装，穿上了衬衫和西裤，寸头长长了一些。

两个一米八以上的人站在自己面前，程荑压力骤增，她对沈迟说：

"我晚上要和阿姨一起吃饭,可能会回来得晚一些。"

陈桉轻笑一声:"走吧。"

见沈迟没说话,程萸跟着陈桉走的时候又低声告别:"那我走了,你记得把有些食材先放进冰箱。"

沈迟轻声说:"去吧。"

沈迟往小区里走,背影清冷疏离。程萸扒在车窗前,在陈桉发动引擎前,一动不动地盯着那道背影。

陈桉哂笑一声:"安全带系好,人都进电梯了,还看什么。"

程萸坐直系好安全带,不回应他的话。

坐在餐厅里,陈妈妈和程萸聊天,聊到一半忍不住嗔怪陈桉:"对工作是挺拼命的,到了该恋爱找对象的时候,是一点都不着急了。"

"你就应该和沈迟聊聊,还是你们年轻人有话说。"

程萸对陈桉受到逼婚喜闻乐见,她瞥见不言不语的陈桉,笑了笑:"阿姨,你给他多安排几次相亲就好了。"

陈妈妈闻言轻轻拍了一下额头:"小萸,老和你一起来我家的那个叫米璐的姑娘,现在有对象没?"

程萸幸灾乐祸:"还没呢,对了,上次我们还在一起吃饭,陈桉也在。"

自从上次她偶然提起陈桉时,见到米璐的反应,程萸就料定两人之间有自己不知道的事情。她顺水推舟提一下,之后若是成功,也算是立了一功。

陈妈妈听到后蛮开心,嘴里念叨着,一副让陈桉现在就联系米璐的急切模样。

送陈妈妈回去午休后,陈桉语气狠狠的:"没良心的。"

程荑淡定地说:"我觉得阿姨说得对,你不能万花丛中过,片叶不沾身。"

"片叶不沾身?"陈桉手指握着方向盘,"何出此言啊?"

"你身边这么多花花草草……哦,貌似没有草。"程荑白了他一眼,"我可是和你一起长大的,别不承认啊。"

陈桉笑了:"那您倒是说说。"

"比如……"程荑思索半天,却发现叫不上来一个名字,她恍然发现,其实女生缘极好的陈桉到现在身边确实还没有一个相熟的女生,"所以,你难道喜欢男生?"

陈桉气笑了:"你每天都在想些什么。"

"那你怎么不谈恋爱?"程荑说,"其实你和米璐蛮配的。"

"你呢?"陈桉突然问。

"我什么?"

他的语气突然间认真起来:"稀里糊涂就嫁人了,是怎么打算的?"

"什么叫稀里糊涂。"程荑声音变小了,简单明了地回避问题,"就先这样呗。"

"你总是这么匆忙做决定。"陈桉无奈地说。

程荑觉得,陈桉似乎比以前更成熟了一些。

以前的陈桉总是阳光爱笑的,眉眼张扬,他在球场上叱咤风云,场边总有排队等着告白的女生;而现在的他眉眼敛默,往往行事不动声色,如同蛰伏的兽类。

像米璐所说,多了成熟男性的魅力。

米璐也是,她永远知道自己想要什么。职场上的米璐盛气凌人,丝毫不拖泥带水。

而自己好像仍然是老样子，想到这里，程荑有些挫败感。

一路闷闷地回到公寓，程荑拿钥匙打开门，关上门后就靠在上面。

沈迟在客厅里，抱着电脑，他在软软的沙发上坐着，难得地戴上了眼镜，斯文又清冷。

他私下的样子总让程荑想起那种高冷的猫咪，皮毛漂亮，能征服许多人的心，却吝啬爱意，不肯施舍。

程荑想，她就是被征服的人，然而却不知要如何才能得到一丁点的爱意。

喜欢遥远又难以接近的事物，果然是有些累的，程荑把手张开，摆成相机的形状，打算将眼前的人定格，却被高冷的猫那一回头吓得缩回了手。

但她却从沈迟的眼中捕捉到了一丝笑意。

程荑谄笑着走向客厅："你吃午饭了吗？"

"没。"

孤家寡人，程荑想着忽然觉得他有一些可怜。

"那我去给你做饭吧。"程荑脱口而出，又想起自己以前的厨房杰作，"但是可能不会太好吃。"

沈迟摘下眼镜，端起杯子要去接水，闻言笑了下："去吧。"

程荑后知后觉，这几天，沈迟笑的次数是不是太多了一些？

厨房里有淡淡饭香，沈迟放下手中的工作，倚在厨房门口。他分明在想几天前的问题，有答案即将呼之欲出。

傍晚阳光西斜，墙上一片金黄。

下午回来时经过报刊亭，《时尚》杂志挂在报刊亭正中央，程茵拿过一本以沈迟为封面的杂志，悄悄买了回来。

沈迟被放大的一张脸找不出半丝不妥。

采访中，有人问沈迟："你做出如此多成功的建筑设计，人人都说你很有天赋，你认为呢？"

沈迟回答："我只是热爱这一行业。"

采访编辑最后问："你觉得身为人，最重要的特质是什么？"

"自由和热爱。"

那一页的标题是："追求自由与热爱，如同追求生活一样。"

她突然间想起米璐的问题，米璐问："二十岁到现在，好像也挺久了吧，你还是这么喜欢他啊？"

"是。"

很喜欢。

也许从一开始，故事就是注定的。

我会再次遇见他，然后喜欢他。

但是结局呢？

程茵忍不住想，故事的结局会是什么？是皆大欢喜吗？

到了去城南度假那天，是久违的雾霾散去的好天气。

清晨天空刚泛起鱼肚白，风儿不动，只剩鸟鸣，有些许的雾气扑在皮肤上，清清凉凉的。沈迟穿得休闲，把度假用的东西一点点搬到车上。

程荑站在公寓楼下，舒适地伸了个懒腰。她仰着脸冲着天空笑了笑，瞥眼就看到沈迟已经收拾完毕，扶着车门正等着她。

程荑小跑过去，打开车门坐了进去。沈父和梁梅开车从大院走，两辆车几乎是同时到的。站在山脚下，梁梅和沈父已经提前预订了上山的缆车，问程荑："你们两个是要坐缆车，还是步行上山？"

沈迟垂眸看程荑，等她的意见。程荑还挺想步行上山，她上前一步，情不自禁拽了下沈迟的胳膊。

意识到自己的动作之后，程荑收回了手："我们步行上去吧，可不可以？"

两人一身轻松地步行上山。

沈迟手中拿了两瓶矿泉水。

还是清晨时分，空气清新，竹林随微风晃动，如同一片深绿色的海洋。

只是程荑还没享受多久，就觉得累了。她抬头看，沈迟气定神闲地爬着台阶，完全不似她正坐在椅子上大喘气。

再往上走的时候，程荑已经开始后悔山脚下一时冲动的决定。她停下脚步，手掌挥动给自己渡些凉气的时候，沈迟抓住了她的手腕，接着握住了她的手。

程荑目光紧紧锁在握紧的手上，心想，如果心跳能够传递，大概沈迟能够清晰地感受到她的。

沈迟往前走，回头嘱咐她："跟着我。"

即将到达民宿，所以他才牵着自己的手，为了要让梁阿姨看到；也许他只是单纯看到自己累了，所以才理所当然帮自己；也许……

想了很多理由，最后也没有找到一个真正的答案，程荑侥幸地想，万一理由是自己期待的呢。

梁梅和沈父正站在民宿院中等待，望见两个人紧牵的手，梁梅笑了笑。程荑松开，把手背到了身后。

去往提前预订的房间时，她才不得不面对一个事实，因为理所当然的原因，他们只预订了位于同一所院子的两个房间，这意味着沈迟和程荑在未来的一周内不得不睡在同一个房间。

民宿设有多个独门小院，他们预订的小院是民宿偏东的小院，环境清幽，树叶飒飒作响，安静宜人。小院只有两个房间，梁梅夫妇住在了南边，程荑跟在沈迟身后走进北边的房间。

房间风格古风古韵，装饰着红棕色的木质地板和雕花的窗户。山上清凉，落地窗打开，有凉风灌进来。房间内除了一张大床之外，只余下一张供下棋的木桌和两张柔软的凳子。

程荑看着床陷入了两难。

沈迟把行李放在房间一角，先去了浴室里面冲凉。程荑坐在床边，淋漓的水声仿佛滴到了心里。

从浴室出来,沈迟拿着一条白色毛巾擦头发。程荑抬眼看他,撞进濡湿的眼眸中,她未说出口的话就这样被咽下,落荒而逃般钻进了浴室里。

经过沈迟身边时,能闻到淡淡的薄荷香。

本就是为了散心度假,第一天没有任何安排。程荑犹豫许久不知如何开口,沈迟拿过一床被子扔在了地板上:"我睡在这里。"

"晚上的话会凉。"程荑抿了下唇,"万一生病了呢。"

沈迟微微弯腰看她,嘴角微勾,有一丝笑意,声音听起来竟有些诱惑:"那怎么办,不然一起睡床?"

那双过于好看的眼眸本来就太有诱惑性,而他脸上的一丝笑意更让那双眸子有了炙热的光,像是融化的冰山,正一点点侵蚀自己。程荑想,如果自己的心是一座城池,对方甚至不需要浪费一兵一卒,她便已经尽数失守,举国上下都拱手相让。

更何况,这座城池在以前的某个时刻早已被对方收入麾下。

程荑又抿了抿唇,抬头道:"也不是不行啊。"

沈迟笑了笑,以为她是嘴硬,没打算真这样做,他关掉房间的灯:"睡吧。"

前一天爬山的后遗症,就是程荑一觉睡到第二天天光大彻。她姿势奇特地睡在床上,听到敲门声的时候,抱着被子懵懂地坐起身。刚睡醒的沈迟赤着脚打开了房门,程荑听到他喊了一声:"妈。"

梁梅前一晚睡得早,醒得也早,吃过早饭后也没见程荑他们房间有动静,原本打算进来看看,看到两个人一人睡在床上、一人睡在地板上时有些错愕。

程荑清醒了一些。

梁梅站在房间门口："阿迟怎么睡在地板上了？"

程荑揉了下眼睛，从床上下来，没想好要怎么解释，她盯着地砖间的缝隙，脑袋发蒙。

沈迟慢悠悠来了一句："昨晚吵架了，为了认错，我就睡在地上了。"

沈迟回望程荑一眼，然后对梁梅说："你帮我劝劝，让她别生气了。"

煞有介事，程荑差点儿就要相信他说的话了。

梁梅恍然大悟，瞅了一下今天看起来别扭的两人："小荑，阿迟是不是欺负你了？是的话，和我说一声。"

沈迟看着她笑了起来，程荑方寸大乱，只好说："没有，你别听他的。"

梁梅见两个人虽然在别扭，但气氛还不错，就笑着离开了房间。

送走梁梅，沈迟见程荑还在地板上站着，把她拉到了床上。程荑懵懂地看过去，听见沈迟说："地板凉。"

沈迟对她总有下意识地关心，只是他还没留意到。

警报解除，程荑倒在床上。沈迟就坐在软凳上拿着速写本对着窗外画速写，笔尖擦在画纸上，声音极细。她望着他的背影沉沉睡去，再醒来的时候，身上已经被盖上了一层薄薄的被。

沈迟没在房间，她愣了一会儿，把被子从身上扯下来。

她踩着拖鞋往外面走，在走廊里看到沈迟的身影。他穿着极简风格的衣服，干净的背影伫立在微风中。

程荑凑近了看，他仍然在画速写，她蹲在旁边，忍不住问他："为什么画这个？"

"这家民宿是教授的设计，民宿主人是他朋友。"沈迟三言两语解释原因。

于建筑师来说，即便是有了高级的建模工具，设计图纸仍然是必不可少的东西。

程荑托腮问："那你以前是不是会去写生？"

"嗯，大学时会经常出去写生。"沈迟回答，"跟着梁教授参观各国建筑。"

程荑脱口而出："突然间很想看看，大学时候的你是什么样子。"

沈迟合上速写本，斜靠着身侧的木柱，好整以暇地看着她："很想看什么？"

程荑以为自己暴露了什么，慌忙说："不是，我是说，大学时候的你应该和现在不一样吧。"

沈迟目光凛凛，听见她慌忙地解释，嘴角的笑容收起，站直身体，拿速写本轻轻敲了下她的脑袋："大学时的我和现在没什么两样。"

程荑捂了下自己的脑袋，许是这样的时光难得又悠闲，她轻声问，语气里带了一丝娇意："也和现在一样难以接近吗？"

后一句是她的轻声嘟囔："一样冷冰冰的吗……"

沈迟愣了下，停下来的瞬间，程荑又撞到他的背上，他转过身，目光一寸寸地落在她身上，声音听不出喜怒："冷冰冰的？"

程荑听他微凉的嗓音，小声说："你现在的声音不就是冷冰冰的吗？没有一点温度，感觉下一秒就要凶我了。"

她听见沈迟缓缓说："我什么时候对你冷冰冰的？"

沈迟难得开玩笑:"程茵妹妹,你很没有良心啊。"

程茵抬头看沈迟,终于听出沈迟开玩笑的语气,她仔细想想,其实沈迟对她从来都是当妹妹一样,比起对其他人的态度,确实已经是温柔许多。

只是他不喜欢她。

程茵低头不语,为刚才沈迟口中的称呼计较。对她来说,她想听的并不是这个,却忽略了沈迟对她的态度,真如他所说,是不一样的温柔。

沈迟看她闷闷不乐,清冷的人此时嘴角挂着笑意,轻飘飘地说:"需要谢罪的话,我可以今晚再睡地板。"

"不用。"她生气归生气,也真的不想让他睡地板了。程茵想,小时候两人又不是没睡在一张床上。何况,现在是自己喜欢他,完全是自己占了便宜。

程茵理直气壮:"我怕梁阿姨再问我,不好解释。你也不希望再像今天早晨这样吧?"

沈迟极其配合,笑意及眼底:"嗯,不希望。"

程茵脚步踉跄,差点儿绊倒。

沈迟和以前是不太一样了。

时间从下午缓慢走至傍晚,月亮悄无声息地冒出脑袋,与半落山的太阳相对而立。过了一会儿,太阳缓缓落下,天地交接间是蓝色和极淡的绿色,中间夹着一丝昏黄。

原本是打算晚饭后回房间,程茵偏要去民宿旁边那条栈道上观赏落日,她扶着不高不矮的护栏,摇摇晃晃,总让人有些担心她的安全。

太阳完全落下的时候,程荑叹了口气,满足地拍了拍手,离开了栈道。她瞥见一旁,沈迟好像一直在等着自己。

回民宿的路上到处是乱石,程荑小心地往前走,路遇梁梅和沈父遛弯回来。沈父要找沈迟商量事情,两人并肩走着,程荑落在后面,边四处看风景,边慢悠悠地走着。

没注意到路,程荑左脚踩到一块石头,再往前走一步,就感到钻心的疼。应该是崴了脚,她停在原处,过了一会儿才蹒跚地往房间走。

沈迟无意间回头,看到她的姿势停下了与父亲的交谈,直接走到她身边:"怎么了?"

程荑轻声说:"脚崴了。"

沈迟弯下腰看了一眼她的脚踝,对沈父说:"我先送她回房间。"

沈父点了点头:"照顾好小荑,我也去找你妈了。"

脚踝已经肿起一大块,程荑踮起左脚,看着沈迟:"马上就到房间了,没事。"作势就要靠右脚往前蹦。

沈迟拦住她,突然间蹲了下来:"上来,我背你回去。"

程荑犹豫一会儿,听见沈迟又说:"不让背的话,我就抱你回去了。"

想起醉酒时被沈迟抱回房间的经历,程荑脸红,最终还是爬上了他的背。被沈迟背起来的时候,她下意识地搂住了他的肩膀。

回到房间,沈父叫服务员送来了药膏和红花油。

程荑很瘦,脚踝细得能看清骨头的轮廓,眼下因为崴脚受伤看起来格外骇人。冰凉的红花油涂在红肿处,疼痛一时也没减少。

这意味着程荑接下来的几天都要在房间里休息,除非她要表演单脚跳。

沈迟打开窗户，晚风散尽了房间里药膏的味道。洗漱完的程荧一双眼睛湿漉漉的，一旁宽大柔软的床等待着即将共眠的两人。

程荧先坐在了床上："你现在睡觉吗？"

沈迟走了过来，把干毛巾抽过来递给她："把头发擦擦，别顶着湿头发睡觉。"

借着毛巾，程荧脑袋埋在下面，又问了一句："你今晚睡右边？"

沈迟垂眸看她："你的表情看上去像是要英勇就义一样，我这么可怕？"

程荧噎住，这人说话也太夸张了，自己哪儿有那种表情。她的脚不支持她蹦来蹦去，她便把毛巾重新递给他："那你还是睡在地上吧。明天梁阿姨再问起来，别再说我坏话了，我可不背锅了。"

沈迟嘴角挂着笑，关上了灯，月光透过窗户，静静落了一地。

"怎么不睡？"

柔软的床深陷一块，被子被拉动，伴着窸窸窣窣的声音，沈迟的声音清晰无误地传至耳边："盛情难却。"

程荧后知后觉，所以，这是被调戏了？

还以为会紧张得睡不着，谁知道睡眠好得出奇，程荧再醒来的时候，眨了眨眼，想起来昨晚的事情，她往沈迟那边看，沈迟还在睡着。

她终于意识到不对劲。

原本盖在她身上的被子已经没了，她身上盖着的正是沈迟的薄被，而她的手正被沈迟紧紧地抓着。

她只记得自己昨晚睡觉又不安生，后来手指被人抓住，才渐渐安稳下来，原来是沈迟抓住了她的手。

程荑愣神，盯着沈迟的手指好一会儿，贪恋片刻的温柔，最终小心翼翼地抽出自己的手指。

待在山上的几天时间就真的变成了休养，程荑的脚不能走动，沈迟事务所又丢来几个项目，在哪里工作并无区别，沈迟便没回事务所。

程荑百无聊赖，有时发呆盯着沈迟工作，有时再挑一些季风发过来的视频看。海豚馆如今正在重建，原先一天几场的表演只剩下了一天一场。

眼看着沈迟收到的工作邮件越来越多，山上的度假也到了最后。临行前一天，梁梅叫上程荑一起去寺庙。

寺庙里，僧人正在敲钟，行人不断，满满的香火气。梁梅是来求平安符的，给程荑和沈迟也求了两个。

程荑走到了离寺庙很远的一处桥上。

她是第一次看到爱情桥。

往常听到诸如此类的传闻，只会笑出声，但是这次，她看着来来往往的情侣，走到了桥上面，迟疑一会儿后也拿了一把锁。

爱情桥旁边是供游客挂信物的地方，程荑走过去写了一行字，奈何身高不够只能挂在了最矮的地方。

回到民宿，梁梅拍了拍她的肩膀："明年陪我来这里还愿。"

程荑弯着眉眼笑了笑，却没有应答。她希望明年可以来这里，却不敢真的预期未来。

正沉默时，沈迟接话道："嗯，明年让她陪你来。"

程荑微微瞪着眼睛，仰起头去看沈迟。他走在她的左边，并没有看她,让她捉摸不清楚他刚才那句话是什么意思。

沈迟,你知不知道,如果你之后不向我解释,我可是很容易当真的。

你又知不知道,你的一句话,就在我心底刮了一场剧烈的风,声势浩大,许久都不得消停。

下午躺在房间里,程葜突发奇想想去游泳。好在上次崴脚并不太严重,脚踝已经无事,她独自一人去民宿后面的山涧瀑布处玩耍。

碰到一处人工挖掘的泳池,程葜站在边缘,轻巧地跳了下去,手臂划水,双脚交替摆动,如同一条畅游的鱼。

游了半小时后,她才觉得有些累,从泳池上来。层层叠叠的树叶过滤了夏日炎热的光线,只余下点点斑驳落在身上。

程葜披上了一早拿来的浴巾,赤脚踩在一旁的鹅卵石上。她的头发湿漉漉的,眼睛澄澈得像是山间偶然出没的鹿,轻盈灵动。

梁梅见程葜去了一个小时还没有回房间,便让沈迟去看看。

程葜裹着浴巾坐在泳池旁晒太阳,方才水太凉,如今晒着暖洋洋的太阳,她仰面看着透过树叶的光斑,突然觉得鼻子发痒。她揉了下鼻子,一个响亮的喷嚏就来了。

沈迟过去的时候,程葜刚好打到第三个喷嚏。

当你打第三个喷嚏的时候,毫无疑问,意味着你要感冒了。

果然,程葜感冒了。

感冒来得迅猛,程葜只觉得自己此次度假太多波折,好不容易脚好起来了,又开始感冒了。她小声抱怨,感冒后的声音沙哑。

沈迟端过来冲好的感冒冲剂,程葜接过杯子,就让沈迟先离开:"你别待在这儿了,我怕把感冒传染给你。"

沈迟好笑地看着她,没有言语,走过去把灌风的窗户关了。

程荑忍着苦把药喝了,拧着眉含混不清地说:"我说真的,感冒很容易传染的。"

沈迟在床边坐下:"放心,只是这样,不会传染给我的。"

"怎么才能传染给你?"

程荑问出口的时候,脑海中闪过最直接的一个方式。她盯着沈迟薄唇,一秒后又转移开目光:"算了,那随你吧,传染给你可别怪我。"

感冒来得迅猛,退去却缓慢。闷在房间里几天后,程荑身体才舒服一些。

沈迟将方案交上去后,海豚馆开始进入重建设计阶段。

旧的海豚馆已经暂时停止运营,程荑经常去看看小七,然后去看在海豚馆的沈迟。原本沈迟并不需要出现在现场,但是不知为何最近几天他一直在。

经过上次女同事的传播,海豚馆每个人都知道程荑嫁人了,而且嫁了一个很不错的人。

一起训练小七时,季风调侃道:"原来上次来找你的是你老公啊。"

程荑因为这个称呼起了一身鸡皮疙瘩。

程荑去海豚馆围观装修时,沈迟正在指挥。海豚馆的整体色调是如同海一样深幽的蓝色,程荑偷偷看了一眼图纸,各个方面的设计都是令人舒适的。

她坐在台阶上的椅子上，托腮看着拿着图纸站着的沈迟。有些嘈杂的正在装修的海豚馆里，唯独他是安静的。

他站在深蓝色的墙前面，穿着一件白衬衣，衬衣的袖口敞开，从手腕挽了上去，他微仰着头，看着高处的装饰。

中途休息的时候，沈迟收起图纸要先回事务所，走到门口处瞥见了坐在椅子上的一团小身影。观赏区是蓝白色的座椅，程荑穿蓝色的绸缎衬衫和白色短裙，细细两条腿搭在下面的台阶上。

让同行的助理先回事务所，沈迟走到她面前，俯视着她："怎么在这里？"

"我没什么事情做，就来这里看看。"程荑说完站起身。

沈迟了然，淡淡地说："跟我一起回事务所吃午饭。"

"嗯。"程荑快步顺着台阶往下走。

最后一个台阶上不知道被谁放上了刷子，程荑看到的时候要跨过去，不小心踩空了，前面的沈迟快速接住了她，一只手揽着她的腰，让她站到了自己面前。

沈迟想起她上次崴脚的事情，语气不自觉严厉："脚踝没事吧？"

"没事。"程荑轻声说。

她仰脸看着沈迟，睫毛微微颤动。

腰间能够感觉到沈迟手心炙热的温度，两秒后，沈迟松开她，眼神却依然严厉，程荑为了表示自己真的没事，原地蹦了两下。

蹦完之后，她才觉得自己有些蠢。

沈迟见状无奈地摇摇头，叹道："走吧。"

手机铃响，程荑看到季风发来了几条信息，刚才沈迟揽着自己的几张照片安安静静地躺在聊天页面上，季风又发来一句话："是挺般配的。"

怎么连海豚馆唯一的直男都这么八卦了？

她盯着手机，脚步都停了下来。

"怎么了？"沈迟问。

"啊，没什么。"程荑连忙收起手机，跟上沈迟的脚步。

中午事务所大部分的人都出去吃饭了。经过前台的时候，前台叫住了沈迟："沈总，刚才宋女士来找你了，现在正在会议室里等你。"

沈迟点了点头："嗯，知道了。"

"你先去办公室吧，已经给你点好午餐了。"

程荑"哦"一声，经过会议室的时候，隔着透明玻璃看到了宋菲，程荑转身去了楼上。

和宋菲谈合作的事情本该交给何延，奈何宋菲点名让沈迟来，何延觉得这人难以伺候，也乐于丢给沈迟。

沈迟拉过办公椅坐下，一副公事公办没打算久留的模样："邮件我已经发到你的邮箱，应该收到了吧。"

宋菲坐在他的对面，眉目微敛，她轻声说："沈迟，我来不是和你谈工作的。"

沈迟不语。

"我们之间，可以谈一些别的事情吗？"宋菲问。

沈迟站起身："如果还有工作上的事情，我们可以说。其他的就没必要了。"

"沈迟。"宋菲站起身，随后走过去。沈迟似乎还是当初的模样，侧脸弧度冷峻，眉眼没有变化，甚至连说话的语气都没有改变，将她搁置在外,和当初一样。

她好像永远没法走进他心里,偏偏她又想尝试,想要走进他的心里。

"如果我没猜错,你现在应该还是一个人吧。"

沈迟微微转身,眉目清冷:"你应该知道,我已经结婚了。"

他手指上戴着戒指,是明晃晃的象征。

"可你应该知道,她不喜欢你,你也不喜欢她。"宋菲语气急切地说,似乎是想要迫切证明些什么。

沈迟笑了笑,转身出了会议室。

宋菲一个人站在会议室里,身影落寞。

午饭的荤素搭配很好,程茵小口小口地吃,饿了一上午,现在面对饭菜,她却没了食欲,以至于沈迟走上来的时候,午餐几乎原样不动。

"不合胃口?"沈迟坐在沙发上,看着她垂着脑袋坐在远处。

"没有。"程茵淡声说。

沈迟看她:"不喜欢的话,带你出去吃?"

程茵低头囫囵塞了几口,盖上饭盒后,闷声说:"我先回去了。"

没等沈迟说话,她就推门离开了。

何延推门走进来,刚好和程茵擦肩而过,疑惑地看了看沈迟:"你们吵架了?"

"没。"

沈迟抬眼看他:"什么事?"

"哦,是这样,之前接了一个法国的合作项目,现在还没找翻译,让小程茵跟你去怎么样?"何延笑着问,自认这想法十分不错。

"不行。"沈迟无情地回答。

何延看不懂了，他连忙规劝沈迟："别啊，我记得这个合作要去一个月，你就打算两地分离这么久啊？"

任他软磨硬泡，沈迟都不同意。

最后，何延撂挑子："行，我不为你们的和谐生活做贡献了，找翻译去了。"

沈迟坐在沙发上，明亮的光线映刻出脸上的线条，他的胳膊随意搭在沙发上，嘴角微勾："我记得，出差是可以带上家属的。"

何延脚步一顿，合着沈迟是在这儿等着自己，他以前可没发现，沈迟还有这一面呢。

"原来你是舍不得累到你家的姑娘啊。"

沈迟没有说话，算是默认。

陈桉和米璐先后来到了北城，陈桉的分公司已经运营一段时间，米璐也终于确定在北城的工作。程荑被两个人叫到了KEY。

KEY是一间清吧，米璐和陈桉坐在最里面的卡座，看到程荑来了立刻招呼她过去。

程荑刚走过去，面前就摆上了几瓶酒。

她想起上次尴尬的事情，假装没看到那几个诱惑的酒瓶："今天不喝了。"

"转性了。"陈桉挑了下眉，"自诩千杯不醉的程荑去哪儿了？"

米璐说的话更夸张，她把自己的短发拢至耳后，眼神探究，缓缓地吐出几个字："你不会在……"

"在什么……"程荑直觉她要说出什么出人意料的话。

"你不会在备孕吧！"米璐直接起身坐到了她身边，一脸正经地问。

程荑内心涌出一个巨大的感叹号:"你是怎么从我不喝酒想到要……备孕的……"

"嗨,竟然不是,白白让我惊喜一秒。"米璐拂了一下头发,不无遗憾地说道。

程荑拿过酒杯,自己倒了几杯酒:"算了,我决定和你们一起喝酒。万一我耍酒疯乱说话,记得控制我,还有,别让沈迟来接我。"

"怎么,你怕自己发酒疯睡了沈迟吗?"

服务员送过来几杯酒,米璐看着价值不菲的几杯酒:"这不是我们点的。"

"是这样的,这个是隔壁桌送的。"服务员说完就致意离开。

程荑看向隔壁卡座,非工作时间的几个人脱去了各种各样的制服,悠闲地坐在真皮沙发上。

坐在最中间的许航和杨一齐齐打招呼:"弟妹。"

程荑见过他们,都是沈迟熟悉的朋友。

她把酒杯放下,干笑两声打了招呼。

几个人正觉得无聊,想起正在工作的沈迟,成心想要逗弄他。男人幼稚起来果然要命,一人捧着一部手机发消息。

杨一:出来喝酒吗@沈迟。

许航:出来喝酒吗@沈迟。

顾年:@沈迟。

张云先:@沈迟。

李木:@沈迟。

沈迟正在事务所画图纸,手机剧烈振动,他拿起来查看,快速回了两个字：不去。

杨一啧啧两声：无情。

许航：好无情。

顾年：沈迟哥哥过分无情了。

沈迟任由消息刷屏，把手机放在一旁置之不理。

杨一举起手机，悄悄拍了一张照片，照片中程荑正端着酒杯笑着聊天。他把照片发到群里：你家那位正在锻炼酒量，喝醉了我们可不帮忙送回你家。

发完后，他把手机扔在桌子上："你们猜沈迟多久会回消息。"

"我猜他二十分钟之内会到，并且不会回消息。"

灯光昏暗，程荑喝了不少酒，摸了摸脸颊才觉得滚烫。她害怕喝醉，便把酒推至一旁，直到米璐碰了下她胳膊："你家哥哥来了。"

程荑托腮看过去，眼神迷蒙。KEY 的灯光昏暗，光影流转间，沈迟的轮廓在她的视线里越发清晰，忽明忽暗的光线里，沈迟沉声望着她。

程荑挥了下手："我真的喝醉了，竟然看到了沈迟……"

程荑说完之后，就闷声摸了摸米璐的脸："等会儿记得送我回去，不要叫沈迟，上次我肯定丢脸死了。"

米璐迅速起身，捞过来手机看了下自己被抹掉的妆，对沈迟说："快把你家的人带走，再摸我的妆可就花了。"

沈迟笑了下，忍受着杨一等人的调侃，把小酒鬼带出了 KEY。程荑全程没有反抗他的拥抱，只是说："米璐，你让我自己走，我能自己走。"说着又往沈迟脸上摸，温热柔软的指腹摸上他的眼睛和睫毛。

长长的睫毛在手心带出些许痒意，程蕈嘴角翘起，弯着眼角："睫毛怎么这么长啊？"

"你肯定不是米璐，因为米璐今天和我说她粘了假睫毛，摸起来手感不一样。"程蕈小声说，"米璐的睫毛是没有这么长的。"

她又碰了下他的鼻子，自说自话："鼻子好挺，你是沈迟吗？肯定不是，我嘱咐过的，不准让沈迟来接的。"

"哦，你是陈桉。"程蕈突然发声，"虽然每次都调侃你非常丑，但我还是要承认你的确是很帅的。不过我只在现在说，醒来你不要借此得意炫耀。

"长得帅有什么用呢？现在不还是没有对象。我就不一样了……我已经结婚了。

"还是和帅哥结婚。

"陈桉，你没想到吧，哈哈哈。好了，快放我下来。我给你说，我可是有……有老……结婚对象的人了。"

抱着她的人脚步顿住，视线落下去，程蕈这样的语气让他想起很久很久以前，淡淡的眼眸忽然间被温柔的神色覆盖。

已经到了车旁，他淡笑着，把她放在了副驾驶座。

"不过……我要强调一下，沈迟，真的比你帅。"

程蕈继续絮絮叨叨："我突然想起网上有句话——'哥哥的颜值这么优越，好想在哥哥的鼻子上滑滑梯'。嗯……我也想在沈迟哥哥的鼻梁上滑滑梯……"

……

沈迟发动引擎，车开得很慢，在副驾驶座上的人睡得安稳。他开到十字路口换了方向，去了儿时最爱去的地方。

是一条历史最悠久的胡同旁的长河。

十几年过去，北城有了巨大的变化，这一块却无太多改变。因为老一辈住户的坚持，胡同和四合院都没有被拆，如今成了北城最有特色的建筑。

长河周围围了一圈橘黄色的小灯，河面波光粼粼，三两人群沿河边散步，轻声细语，随风传至耳边。

他并不喜欢回望过去，回忆于他来说，和现在并无什么不同的地方，然而他竟想起了一点一滴。

多年之前，小女孩抓着自己的手，非要自己教她在结了厚冰的地方溜冰。谁知道沈迟也不熟练，两个人齐齐摔倒，小女孩就撕心裂肺地哭了起来。

无措的他不知道怎么安慰，傻站半天，最后用一周的零花钱给她买了几串糖葫芦，才换来她破涕为笑。

记忆温柔扑面，他转头看她，手机却不合时宜地响起。

是宋菲打来的电话，问沈迟能不能帮忙把她的电脑送到医院。一个无厘头的要求，宋菲放软了声音，低声问他可不可以。

沈迟沉声："同事呢？"

宋菲在那边说："我和同事们私下并无太多交集，几年之后再回来，认识的人只有你了。我临时有工作，现在在医院输液，文件在电脑里。"

沈迟沉默，片刻后宋菲说："你不说话，我就当你同意了。公寓地址在……电子锁密码，是我们以前的共同密码。"

当年的密码是宋菲设置的,说是两个人要有私人邮箱,用以互相发送心事,密码就是两个人的生日。

沈迟那时就没有登录过,如今也不记得了。

他坦白:"密码是什么,我不记得了。"

宋菲沉默了一会儿,咬唇说:"××××××。"

沈迟"嗯"一声,挂断电话。

程荑在车上醒来时,刚好听见沈迟在打电话。车里安静,聊天内容一字不漏地飘至耳边,她撇过脸,从右侧紧闭的车窗往外看。

明明是有最温柔回忆的地方,如今却仿佛带上了北城冬季里特有的凛冽的风,吹得心尖生疼,脑袋也隐隐作痛。

她在想,为什么人会为自己无法拥有的东西而难过?

沈迟把电脑给宋菲送了过去,离开前留下了两句话:"公寓密码不要轻易告诉别人,记得把密码换掉。以后有事情可以找朋友,不必再找我了。"

一周后,何延提醒沈迟去法国出差。海豚馆的重建已经进行到最后阶段,接下来是长达几个月散去气味的搁置。

沈迟去找程荑。

没有表演的日子,小七悠闲地游在水中。程荑蹲在池边,小七游过去,脑袋在水中晃了晃,溅起周围的水,程荑的衣服被打了半湿。

程荑大笑躲开,看到沈迟走过来,来不及收起的笑容凝固在嘴角。

沈迟走过去,随她蹲在池边。

程荑轻轻甩了下手上的水,提醒他:"小心身上被弄湿。"

他视线微垂,轻轻摸了下小七的脑袋。难得的是小七突然间很乖,程荽顺手也摸了摸它的脑袋，沈迟说明来意："下个月我去法国出差，你近期没工作，有空一起去吗？"

"需要我去做翻译吗？"程荽仰脸问他，脸上还有没干的水珠，清新且干净。

沈迟手掌移开："是家属。"

经过数小时的飞行之后,程荑终于抵达雷克雅未克机场,她隔着巨大的玻璃窗看着窗外干净得一尘不染的天地,想象着将会见到的冰天雪地的湛蓝。

因长时间乘坐飞机导致的脖颈酸痛已完全消散。

片刻之后,她拖着两个行李箱站在机场外,等待预约的司机前来。

她并没有和沈迟一起去出差,一是因为还有待处理的工作,二是因为米璐先前听说她休年假后订了两个人的冰岛旅行。然而因为米璐二十四小时随时待命的工作,她临时被"鸽",这场旅行就变成了只属于她一个人的。

程荑长呼一口气,张开双臂,感觉到久违的自由。

到了机场她给米璐打了电话。

米璐的工作日夜颠倒,接起电话来有气无力:"亲爱的,打电话干吗?"

"就是特地告诉你一声,我已经到冰岛了。"程荑笑,"我会替你好好欣赏一下的。"

"程荑,你好没良心。"米璐边喝着咖啡边敲键盘,"那我能怎么办呢,我只能祝你玩得开心。"

"嗯,您的命令我不敢不从。"程荑没忍住笑,"对了,沈迟也来了,下一趟航班到。"

"干吗?千里追妻啊?"米璐哼一声,"秀恩爱的话,朕已阅,你可以快点挂电话了。"

"哦。"程茵冷漠地回答,"是他那边的工作提前结束了,来这边参加会议。"

"这你就不懂了吧,程茵,沈迟就是冲着你来的。不然他怎么还先通知你。"米璐叹气一声,键盘敲得响声很大,"快挂电话,享受你们的二人世界去吧。"

"他可是沈迟啊。"程茵说,"怎么可能,虽然你这样说让我挺开心的。"

"再见!"米璐被虐到了。

程茵低着头裹紧了身上的厚衣服,骤然响起的手机铃声在安静的环境中格外突兀。沈迟应该是刚下了飞机,听筒里有呼呼的风声,他边走着边问:"在哪里?"

"机场外。"

"嗯,我马上过去。"

冷空气里风声厮磨,她下意识地回头,沈迟裹着一件黑色的厚风衣,拖着行李箱。程茵背过手,沈迟走出来,他上飞机前预约了车,此时车就停在机场外面。

沈迟打开了副驾驶座的车门,笑着问了一句:"不上车?"

程茵掐了一下自己的手指,转而在副驾驶座坐下,微微侧过了身系上安全带,身侧的人发动了汽车。

"订的酒店在哪儿?"

"ION Adventure。"程茵抬眼对上沈迟的目光,声音很轻,"你的酒店呢?"

沈迟来得匆忙,没来得及订酒店,他一边打开导航,一边说:"酒店还没订,就去你那个酒店。"

没有人再开口,车内恢复安静,程荑的目光落至窗外。

这时前来冰岛的游客稀少,一路走来只看得到壮丽的苔藓荒原和黑色的道路,并未见到一辆车的影子,像是驶入了无人之境。再往远处看过去,像是置身于雾中又像是覆盖的雪,奇异的是心情在这样壮丽的空旷之中平静下来。

一个小时过去,车在酒店门口停下。

酒店矗立在长满青苔的火山岩平原上,不远处便是雪山,天色变暗,隔着大面开窗,暖橙色的灯光清晰地落入眼眸之中。

程荑从车上走下来,在想这家酒店不知还有没有空余的房间。果然,因为沈迟没有提前预订,已经没有空房间了。

程荑碰了下沈迟的胳膊,沈迟回头,听见她说:"要不……就住一个房间吧。"

沈迟深邃眼眸看着她:"嗯。"

办好了入住,沈迟拿着两个人的行李一起上楼。程荑站在房间门前,还是有些不知所措。

尽管先前已经有同住一室的经历,她却还是有些紧张。

沈迟把行李箱放在阳台,转头问她:"这几天有安排吗?"

"没有。"程荑进门坐下,"我可能就到处看看,反正也是旅游,不像你,有任务在身。"

沈迟不语。

并不是必要的任务。新项目是民宿式酒店的设计,其实他之前已经来过冰岛,但知道程荑来冰岛旅游,他未在法国久留便赶来了这里。

他想，也许是自己又冲动了。

沈迟说："想去哪里和我说，我也没太多事情，可以拿我当苦力。"

"那我就不客气了。"

房间内昏暗的光线落在两人的身上，在地面上投下浅浅的影子。

洗漱过后，她躺在床上，盯着头顶的天花板，仍然有一种恍惚感，大概是因为倒时差的缘故。

程荑翻来覆去很久，睡意才渐渐袭来。

半夜，窗外突然有暴风雨来临。

程荑被雷声吵醒，房间的灯在远处，她抱膝坐在床上，懒得开灯。

沈迟听到小动静，也醒来："做噩梦了？"

程荑没想到打扰到沈迟，如实说："没有，是被雷声吵醒了。"

沈迟没说话了，最后只是拍了一下她的肩膀。

程荑重新躺下去，过了一会儿就迷迷糊糊睡着了。

清晨醒来，暴风雨仍未停止，这样恶劣的天气也没有办法出去玩，程荑索性在餐厅吃完早饭之后，就去了酒店中唯一宽敞的公共区域——Northern Lights Bar。她窝在柔软的长沙发上，豆大的雨滴敲打在落地窗上，隔着密集的雨滴能模糊看到远处的山和壮观的熔岩植被。

一杯咖啡被放在眼前的玻璃桌上，冒着浓郁的香气。

程荑抬眼望过去，沈迟正在用英语和酒店老板聊天，他一只胳膊落在沙发的靠背上，见她抬头，轻轻挑眉示意这杯咖啡是端给她的。

没过多久，从深夜开始降临一直不停歇的暴风雨终于停了下来，窗外再次恢复为一片明朗。

被雨水冲刷过的冰岛更加清澈干净，光线斜斜地落到柔软的沙发和地板上，铺上一层淡淡的金色。

程荑不好打扰沈迟聊天，回到房间拿着相机就打算出去玩，却没想到沈迟结束了聊天，也跟了上来，问她愿不愿意带上他。

程荑只当他要进行考察，点了点头。

再次出发仍然是经过一条无人的弯曲道路，望不到尽头，两人索性走走停停，无数次因为各种各样的景象驻足。

程荑拿相机录下视频，美其名曰补偿米璐没来的遗憾，她拍视频的时候，沈迟数次入镜，坐在车上翻看时，觉得似乎没有一条视频是能够发过去的。

那就只能委屈米璐了。

孤独的房子、轰隆作响的瀑布、仙境般的蒸汽温泉，程荑扒在窗户上一路看过去。沈迟单手开车，视线望过去，嘴角扯出不易察觉的笑意。

旅行没有计划具体的路线，只是凭喜好会随时停下来，沈迟也无所谓，她下车他便跟下去。

有了沈迟一起，程荑就可以暂时把相机交给他。

相机里装了不少她的照片。

风丝毫不客气地吹在脸上，程荑跑到沈迟身边，微踮起脚去看相机，她的手冻得通红，鼻尖也红红的。

沈迟快速地滑过几张之后，停下了动作，微微蹙眉看着。程荑抬眼对上他的视线，嘴角轻轻动了动："我想再拍几张。"

沈迟勾唇笑了一下，声音低沉地开口："嗯。"

"等会儿我往前跑，你记得多拍几张。"

程荑就真的跑了出去，笑得开心，沈迟按下快门。

终于达到满意的效果，程荑搓着手呼出一口气，回到车上。沈迟侧身拿过后座的冲锋衣扔给她，她整个身子都包在了宽大厚实的衣服里。

午餐时，两人找了一家街角的餐馆品尝地道的冰岛美食。店老板推荐了新鲜的比目鱼汤，加入了青苹果、奶油、柠檬汁的鱼汤带着浓浓的香气。

下午的时候，两人依然漫无目的地前行，却走到了瓦特纳——欧洲最大的冰川。未经污染的蓝色的冰块出现在眼前，而这般干净的冰后面是大片黑色的岩石。

所有景象都是被大自然赐予的礼物，程荑在此刻感叹道。

她双手插在大衣兜中，也不在乎被风吹乱了头发，站在稍远处一动不动地凝视着一块蓝色的冰。

沈迟也下车站在车门前，看着前方的身影，自发地举起相机拍下一张照片。

到了晚上，天色暗下来，两人便启程打算回去。回去的途中只有车灯和房子窗户中透出的光印证着有人的存在。一座座小房子有的在湖边，有的在路边，只有窗口隐隐约约透出微弱的光线，这片纯净的土地荒凉且隔绝。

孤独似乎变成了冰岛的主题。

程荑此行的目的自然包括要亲眼看见最壮阔的极光，却没有想到第一次看到极光会是在这么随意且未准备的时刻。

车开在路上，看着天边的极光，沈迟把车停在路边，程荑赶忙跳下车站在了最前面，抬头看夜空。

极光随意且任性地绽放着，明明远在天边却又仿佛近在眼前。

程荑伸手，多年的愿望在此刻得以实现，她一时有些激动，却抓了个空，反应过来后侧过身，笑着喊了一声："沈迟哥哥，快快快，把相机给我。"

程荑并未察觉到什么，沈迟转身打开车门从后座拿出相机递了过去。直到相机拿到了自己手上，程荑才意识到刚刚自己喊了什么，拿着相机的手就停在半空中。

再看过去，沈迟正靠在车上，勾唇笑着看她。

程荑收回了目光低头调试相机，过了一会儿，她捧着相机稍有些无措地看向沈迟。沈迟了然地走了过去，帮她调试好之后，程荑抬起头，一不小心碰到了沈迟的脸颊。

冰凉的肌肤触碰到一点温热。

程荑赶紧让开，老老实实收回视线，专注地看向眼前壮丽的极光。

通过相机小小的镜头，她把这片夜空记录下来，许久后，才收起相机放回沈迟手中。

沈迟正准备翻照片，程荑伸出手想阻止，半晌也只是碰了碰自己的衣服。

明明深夜的寒冷无从抵挡，她却觉得自己的耳根有些烫。

好在沈迟只是看了看照片，程荑莫名地松了一口气，彻底放松的那一刻却又想要吐槽自己，自己干吗像是绷紧的一根弦？

"很好看。"翻完之后，沈迟说。

他是说自己拍的照片好看？

程荑红了红脸。

程菱身上还裹着沈迟的冲锋衣,两人站在车前,夜晚的冷风毫不客气地肆虐开来,程菱搓了下手放在嘴边呼出一口气,两人打算返程。

铺天盖地的黑暗之中,只有车灯静静亮着。

冰岛的夜空,干净而纯粹,像是能够透过星空看到一片银河。

程菱突然间很想问一个问题:"沈迟,你当时为什么会提出来要和我结婚啊?"

"我觉得……你的选择应该挺多的吧。"程菱缓缓地说。

"程菱,那时候,我是觉得,你是合适的人。"沈迟伸手,想揉揉她的脑袋,半途的时候却放下了。

"那现在呢?"程菱问,"你还觉得是合适的吗?"

不只是合适。

沈迟这个时候很想说,你对于我来说,不只是合适,还是不知不觉间已经在意的人,你让我有了很多情绪。

有些喜欢你呢。

但他不太敢说,他怕吓到眼前的人。他在心里始终以为小姑娘答应自己的结婚请求,不过是不忍心让母亲伤心罢了。

他觉得眼前的小姑娘似乎并不太喜欢自己。

"不只是合适的人。"沈迟没有说更突兀的话语,最终还是抬手,揉了揉她的头发,动作不轻不重,"和你在一起的时间,我很开心。"

程菱抬头看他,眼睛里面有了困惑,她咬了咬唇,沈迟收回手:"不早了,我们先回酒店。"

咖啡馆里,程菱安静坐着,听着米璐兴奋的声音。

"你当时愣着干什么?"米璐端着咖啡,身体端直气势很足,一副北城标准社会精英的模样,"四舍五入,沈迟这是在对你表白啊!"

"你的数学是体育老师教的吗?"

"别说,还真是,初中的时候数学老师请假了,体育老师就来教了我们两天。"米璐两只胳膊撑着桌子,"你别转移话题,就说信不信我说的话!"

"不信。你觉得沈迟是会表白的那种人吗?"程莫拿起勺子搅了搅咖啡。

"就是因为不会表白,所以才会这样说话啊。"米璐递过去一个"你傻不傻"的眼神,"难道你觉得他会抱着你,然后深情地说'我爱你'吗?"

"宝贝,你不是合适的人,你是我爱的人。"

米璐深情模仿了这句话。

程莫表示没眼看:"你的话没有可信度,毕竟你单身狗好多年。"

"我是来帮你答疑解惑的,怎么还被人身攻击了?"米璐悠悠道,"你就努力用你甜美的笑容,去攻略沈迟冰冷的内心呗。"

"前几天和你说了我爸妈要来,航班是今天的。"程莫岔开话题,"请问我要如何瞒住姜女士的火眼金睛。"

"那你惨了。"米璐笑,"我觉得你妈比你聪明,估计你要时时刻刻黏着沈迟,才能让你妈觉得你们如胶似漆十分相爱。"

程莫叹气:"不说了,我要收拾收拾去机场了,戏精程莫要上线了。"

"别人结婚是甜甜蜜蜜,你每天都像是演谍战片一样。"米璐摇摇头,不知道该说些什么。

"等一下,你带上这些茶叶,叔叔不是最爱喝这个吗?"米璐特地让同事带了纯正的茶叶,今天要见程萸便带过来了。

经过和米璐的一番聊天,坐在出租车上的程萸觉得自己是即将接内容不明的圣旨的人,惶恐不安。姜一淑和程伟立下了飞机,就坐程萸来的车去了他们公寓,打算先在这里住一天,之后再去大院住。

程萸走在两人身前,打开公寓的门。

姜一淑瞧见公寓装修简单大气,干净明亮,放下行李问程萸:"家务你做的?"

程萸点了点头,一副"你的女儿有没有很厉害"的模样。

姜一淑淡淡地说:"沈迟把家务都丢给你了?"

"啊。"程萸惊了,原来陷阱在这里,她走上前请姜一淑坐下,"没有,我就是心血来潮收拾一下,平时有钟点工上门。"

许多日子不见,程萸觉得母亲气场两米八。程伟立坐在沙发上冷脸喝茶,也不怎么理会程萸。姜一淑戳了程萸一下,程萸才别扭地打招呼:"爸,你不会还生我的气吧。"

"别叫我爸。"程伟立瞪她,"毕业之后就没怎么回家的人,你说怎么让我不生气。"

程萸拽了下姜一淑的袖子,示意她帮忙,并说:"我错了,爸,而且现在公司没有我不也挺好的吗?"

"哼。"程伟立仍然没消气,但是脸色缓和不少。

姜一淑跟着去两人房间看了一圈,出来时嗔怪道:"在家的时候什么也不做,到别人家就开始做家务了。"

程萸随她在沙发上坐下:"我这叫热爱生活。"

姜一淑此次来也不是专门看程茵的,她和程伟立去国外跟团旅行,只能从北城转机,于是顺便安排了这趟行程。

姜一淑喝着茶,问程茵:"沈迟什么时候回来?"

程茵乖乖地回答:"时间不太确定,他经常加班。"

"你们这么忙,什么时候打算要孩子?"姜一淑紧跟着又说。

程茵觉得自己面对雷人的米璐已经修炼出深厚的功力,在此时还是破功了。她结巴地说:"妈,你、你说什么呢,我刚才好像没听清楚。"

姜一淑目光落在她身上:"学会在我面前装了,沈迟和你提过吗?你们打算什么时候要孩子?这么大了,怎么还一点儿没个计划。"

"现在说这个太早了吧,我还年轻呢。"

"一点儿都不小了。"姜一淑不留情地拆穿她,"你什么时候才可以长大啊。"

程茵脑袋枕着姜一淑只笑着不说话。

沈迟回到公寓看到的场景就是程茵正抱着姜一淑的胳膊撒娇,她脑袋轻轻晃着,声音愉悦,拖着尾音,眼尾微微翘着。

沈迟走上前,给两人打了招呼,程伟立笑着让他坐下:"看看小茵,都这么大了,还像小孩子似的。"

沈迟给程伟立倒茶,闻言向程茵的方向投去目光,嘴角微弯,一双眼睛中装满了温柔。

程茵一愣。

程伟立抿了一口茶,用茶杯盖轻轻拂了拂茶水:"刚才一淑在问,你们什么时候准备要孩子呢。"

程茵没想到自己父亲还在这里掺和一脚,看着沈迟轻轻摇了下头。

沈迟会意，回过头说："听她的。"

姜一淑看着程蕤道："是时候计划一下了。"

程蕤点了点头，敷衍着说："嗯嗯，我知道了，遵命。"

虽然已经承诺，但是她完全不会做。

晚饭是去大院里吃的。梁梅准备好了晚餐，满满一桌，都是带着北城浓郁风味的特色菜，程蕤站在餐桌旁，看着色香味俱全的饭菜："阿……"

差点叫出阿姨来，程蕤咬了下舌尖："妈，你最近厨艺进步很快啊。"

梁梅今天心血来潮做了糖葫芦，悄悄拿了一块山楂递给她。程蕤含着山楂含混不清地说："这个很好吃。"

把山楂咬裂之后，程蕤又酸得皱了眉头："就是有点儿酸。"

梁梅笑着走向餐桌："小蕤真是我的开心果。"

姜一淑和程伟立曾在北城待了不少年，后来因为繁忙再未回过北城，如今再回到大院，颇有感慨。程伟立带来几瓶珍藏的红酒，已经一一打开喝了不少。

当晚程家父母没有回公寓，连带着程蕤和沈迟也留了下来。姜一淑和程伟立睡在客房，程蕤和沈迟去了沈迟的房间。

沈迟的房间这么多年并没有什么变化，墙上仍然挂着几个模型，程蕤甚至发现了自己幼时扔在沈迟房间的小玩具。她诧异地拿起来："这个东西你怎么还留着，我上次怎么没看到？"

沈迟浅笑："上次我妈收拾东西，整理出来一个箱子，我看着眼熟，就留下来了。"

程蕤握着小玩具，四处看了看，说起来，自己小时候还在这里睡过。

程荽先去了浴室。

洗完澡后,她才发现既没有自己的浴巾,也没有换洗衣服。她洗完澡站在水雾里,轻轻叫了沈迟的名字。

水声淋漓,隔着磨砂玻璃和水雾,女孩的声音听起来闷闷的。沈迟站在窗户旁边,月光皎洁,晚风吹拂,也散不尽从何处而来的炎热。

他快步走过去,声音沙哑低沉,站在门外问:"怎么了?"

浴室里面的镜子被蒙上了薄雾,程荽梳理了一下乱糟糟的头发:"你能帮我拿两件干净的换洗衣服吗?我……这边没有衣服。"

"嗯。"沈迟应声,走到衣柜旁,衣服还是他大学时期穿的,他拿了几件出来。

程荽把浴室门打开一条缝,快速地将衣服接了过去。是一件短袖和一条运动裤,她把运动裤挽起几圈,再把短袖塞在裤腰里,才从浴室里走出来。

她脸红红的,头发还湿漉漉的,白嫩的脚趾踩着夏季拖鞋,宽松的衣服看上去像是偷穿了大人的。

大学时室友就经常说,女孩子穿起男孩子的衣服,小小的一只,只是站着不动,都会让人凭空产生保护欲。

当初并不插话的沈迟现在却有些赞同。

程荽走了两步,挽起的裤腿又散了下来。她干脆坐在了床上,让沈迟帮忙拿吹风机。

浴室里响起沈迟洗澡的水声,程荽才觉得,自己是有一丝紧张的。

大院的房间装修没有变样,程荽坐在床上,不知道在想什么,举着吹风机好一会儿,发现忘记开开关了。

真是的……

第二天早晨，姜一淑和程伟立准备在胡同见见老友，也不需要程䓨陪同，程䓨就回了海豚馆。晚上还要回大院吃饭，沈迟离开事务所，开车去海豚馆接她下班。

回大院的路上，沈迟临时要回事务所拿一份文件。事务所最近都在加班，整栋楼都亮着灯光，程䓨随他上楼，遇到正好要下楼的何延。

何延看了看程䓨，笑着问沈迟："沈迟，你这是从哪里拐来的大学生啊？"

程䓨绑着两根麻花辫，穿着白色毛衣，针织长裙。

沈迟还没有走进办公室，闻言说："小时候骗来的。"

"用什么骗的？我来骗一个！"

"用糖葫芦骗来的。"沈迟说完就进了办公室。

何延鄙视来自沈迟身上的那种恋爱的酸臭味，他摇了摇头，拦住程䓨问："真是小时候骗来的？"

程䓨有意玩笑，点了点头，非常真诚道："嗯。"

"恋爱的酸臭味啊。"何延拍了拍手上的文件。

他正要往下走，就听见程䓨悠悠说道："其实不算是糖葫芦骗来的，确切地说，是靠颜值骗过来的。"

何延脚步踉跄："这是羞辱我呢？"

"没有啊。"程䓨望天，"何大哥，你可以靠你的人格魅力找到女朋友的。"

"嗯。"沈迟从办公室走出来，"实在不行，也可以靠金钱买。"

程䓨笑得眼睛眯成了一条缝，开心地伸手隔空和沈迟击掌。

何延看不下去了,走到办公室门口:"今晚吃小龙虾,你们沈工请客。"

……

夜晚的胡同十分安静,沈迟经过巷子口遇到一个推小车的老爷爷,干净的玻璃箱里面还剩下几串糖葫芦。路灯温柔,沈迟走到推车旁边,用北城话和老爷爷聊天。

夜风温柔吹拂,沈迟的身影被路灯和月光包围,有温柔气息,有记忆闯进,有心跳声鸣响。

沈迟还穿着上班时的黑色西装,一个高大的男人,手里拿着几串糖葫芦,明明应该是不搭的,可竟然也无太多违和感。

程蒴站在原地未动,沈迟走过去,把手上的糖葫芦递给她。

程蒴掏出来手机,一边接过糖葫芦,一边把手机塞给沈迟:"帮我拍一张照片。"

手机被摁亮,屏保是曾经米璐拍的她高中时的卖萌照,程蒴想起来先红了脸。

沈迟问:"什么时候的照片?"

"高中的。"程蒴走过去催他打开手机,"密码是0621。"

屏幕解锁,程蒴再退回一边,听见沈迟缓缓说:"你生日好像不是这一天。"

程蒴眼神茫然,后知后觉他在说手机密码,于是含糊地说道:"就是一个很普通的数字,没什么特别的意义。"

拍完照片,程蒴要回手机。她再次打开手机里的相机,站在原地突然叫沈迟的名字。在沈迟侧脸看过来的时候,她抓拍了一张照片,笑嘻嘻道:"留个纪念。"

见状,沈迟敛神:"嗯,顺便发给我。"

"啊,真要啊?"程萸咬着糖葫芦说。

"怎么,舍不得发给我?"沈迟漫不经心地说。

程萸咳一声,拍了下胸口:"没有,等会儿回去我就发给你。"

梁梅和姜一淑坐在大院里和人聊天,一圈人看着两人走进来。

儿时一前一后形影不离的两个小孩子如今并肩而行,像是广告人物一般精致:一个捧着糖葫芦,嘴角挂笑;一个仍然淡漠,较之往日的冰冷,多了不可名状的温柔。

其他人感叹起来程萸女大十八变,又感叹姜一淑和梁梅真是有缘分,年轻时是好友,现在又是亲家。

隔天程萸在海豚馆看小七表演,散场时有一个小朋友没有离开,她走过去问了问,小朋友乖巧地答:"等会儿我阿姨来接我。我站在这里等着她。"

程萸笑了笑,无事可做便打算陪小朋友一起等待,却看到一个人快步朝这边走过来。

宋菲穿着一身干练的职业装,手上拿着一杯奶茶。程萸站起身,看到宋菲把奶茶递给小朋友。

原来小朋友口中的阿姨便是宋菲。

程萸转身准备离开,结果宋菲叫住了她:"程萸,可以聊聊吗?"

小孩在海洋馆边跑边看水母和鱼,程萸和宋菲走在后面。她并不想琢磨宋菲此行意欲为何,索性也没有开口,直到宋菲先说话。

程萸想起第一次见宋菲是在大三那年,如今的宋菲和那时好像没有太多变化。

宋菲开口第一句话是："当初在公寓的时候，我见到的那个女孩就是你吧。"

一句话，轻飘飘的。

她还记得自己。

程荑点了点头。

宋菲声音温柔，嘴角始终挂着浅浅的笑意，像是她第一次在沈迟电话里听到宋菲声音的时候。宋菲一语中的，她问："你喜欢沈迟，是不是很久了？"

程荑一直默不作声。

宋菲苦笑一声："可是你觉得沈迟喜欢你吗？不只是你，也包括我，他好像都不喜欢。你说，他会喜欢什么样的人？"

程荑诧异地看着她，不理解宋菲究竟想做什么。

宋菲看了她一眼，才说："不用这么戒备，我今天也只是恰好碰到你。"

程荑轻轻笑了笑。显然，她并不这么认为，她眯了下眼睛："你想说什么？"

宋菲脚步停住，脸上一直挂着得体的微笑："你和沈迟的婚姻是假的吧？"

海洋馆游客众多，人流巨大，周围的人来来往往。

宋菲没等她回答，自顾自地说："沈迟以前没谈过恋爱。当时是我追的他，后来我们在一起一年。"

程荑好笑地说："你来找我，就是想强调你是他唯一一个真实存在过的女朋友？"

宋菲听她说完,也并不生气,只是上下扫视她一遍,最后轻轻地说:"今天确实是巧合,我帮我同事接孩子,恰好看到了你,才想和你聊聊——但我现在确定了,你不会是沈迟喜欢的女生。"

沈迟喜欢的应该是那种温柔的、独立的,会在背后默默支持他的人。宋菲不觉得沈迟会喜欢程荑。

小朋友玩累了就自动跑了回来,依偎在宋菲旁边。宋菲拿起了他的书包,朝程荑笑了笑:"我们先走了。"

程荑叫住了她:"如果你下次想要怀念过去,大可直接去找沈迟。只是恐怕,沈迟并没有给你想要的答案吧,不然你何必大费周章来找我。

"再怎么样,现在我和沈迟的关系是夫妻,而且是暂时离不开的夫妻。"

宋菲静默了片刻,她没料到程荑会说这些,她的小心思被戳破,她没忍住冷了脸,没说什么,带着小朋友离开了。

时间到了傍晚六点。

程荑蹲在小七的旁边,安安静静的,也不说话。她想起沈迟说过今天要来接她,拿起手机给沈迟拨了一个电话。

"在忙吗?"

"差不多忙完了。"沈迟关了电脑,往楼下走,"等着我,我马上过去接你。"

"沈迟。"程荑叫他的名字,摸了摸小七的脑袋,"你不用来接我了,我今晚应该很晚才能下班,到时候我坐公交车回去就行。"

沈迟沉默了片刻:"行,到家和我说。"

"好。"

程荑还蹲在原地,脑海一片空白,她叹了口气,看着往池边凑过来的小七,语气轻柔:"谢谢你今天陪我哦。"

小七不知是不是听懂了她说的话,原地扑腾了几下,溅起了水花。

今晚是杨一的订婚宴,沈迟本打算带程荑一起过来,不料她今晚突然间有事情,于是他就独自一人到了酒店。

杨一不复平日里吊儿郎当的模样,穿着得体的西装,领口戴着领结,整个人洋溢着幸福。他站在酒店大厅处,看着独自一人前来的沈迟,问:"你老婆呢?"

沈迟扫了杨一一眼,还没说话,杨一又问:"今天怎么是孤家寡人?"

"她有事,今晚来不了了。"

"正好,今晚没人管,岂不是可以多喝点酒,帮兄弟挡酒的任务就交给你了。"

沈迟和许航几个人坐在一起,许航见了沈迟也调侃:"不对劲啊,你一个结了婚的,怎么还和我们这群单身老爷们在一起?"

沈迟懒懒地看他们一眼,往常不会有的孤独感在此刻忽然间涌上来。不知是不是因为这群人调侃的缘故,忽然间,他也有些……想她。

他有些烦躁,松了下领带,拿过酒杯喝了一口酒。

杨一说让几个兄弟帮忙喝酒,到最后还是自己扛下了大多数。看得出来,杨一今晚心情是真的好,揽住未婚妻的肩膀,愣是把所有敬过来的酒独自一人照单全收,到最后,脚步踉踉跄跄地在沈迟这桌坐下。

他的未婚妻许末是许航的妹妹,和杨一是青梅竹马,两人互相喜欢却都没说出口。后来许末出国念书几年,结果谁都没忘记谁。今年许末回国，一次酒会上两人见过后就在一起了，两个月后的今天，就订婚了。

杨一喝着未婚妻递来的醒酒汤，笑容压根就没下去，他拍了拍沈迟的肩膀："结婚的时候，记得让你老婆过来。"

沈迟笑着点了下头。

平时看起来不靠谱的杨一，订婚宴全权负责无一处不用心。订婚宴结束后，他就一直拉着许末，不让许末离开半步。

活脱脱一个无赖小孩。

许航几个人都看不过去了，谁知道杨一理直气壮地说："这是我老婆，谁让你们没老婆的。"

"哦，沈迟有，但是沈迟老婆今天不在。"

啧，结婚的人最大，没人再说话了。

离开的时候，沈迟拿了桌子上的糖果，装进了口袋里。张云先眼睛尖，看到沈迟这个动作后瞪大了眼睛："沈迟，你这是什么爱好，装一把糖是要做什么？"

许航看着就笑了。

沈迟手里还拿着一颗奶糖，把包装纸打开，塞进嘴里慢慢嚼着。糖的甜味在口中蔓延，他悠悠道："带回家的，怎么，有意见？"

张云先："你在这儿吃个够吧，兄弟我不嘲笑你这小儿科的爱好。"

许航出言提醒："兄弟，你是不是忘了，人家沈迟还有老婆呢。"

张云先醒悟："你是带回家给老婆吃啊？"

"我去，以后撒狗粮可以别这么委婉吗？"

沈迟笑，喝了酒后显得有些慵懒，他掏出手机，等那边接通后才说：

"今晚喝酒了，没开车，能来接我吗？"

"现在说话的人是谁啊？我不认识。"张云先听到沈迟这语气，一副受惊的表情。而许航早已经见识过，所以习以为常。

程荑刚走出海豚馆，就接到沈迟的电话。他的声音沙哑又低沉，缓慢地绕在耳边，让她难以拒绝。

赶到酒店宴会厅时，沈迟正安静地坐在椅子上，目光远远地落在她身上，看着她一步步走过来。

许航和张云先给程荑打招呼，这边张云先还在问许航："怎么回事？来真的啊？"

许航饶有兴趣地看着并肩往外走的两人："啊，是真的。走，凑个热闹去。"

程荑从沈迟手里拿过钥匙，刚准备发动引擎，车窗被人敲了敲，许航和张云先走过来。

张云先说："小程荑，我们两个今晚开不了车，顺路送我们回去呗。"

程荑点了点头，沈迟却抬眼看过去："你们自己叫代驾。"

"程荑妹妹都答应了，沈迟你还赶我们走，这可说不过去了吧。"许航打开后座车门坐了进去。

张云先也坐进去，大大咧咧地说："谢了。"

许航和张云先住的地方相隔不远，程荑把他们送到路边，才慢慢开车回大院。汽车开不进去，只能停在胡同口。程荑担心他喝太醉，想上前扶着他，最后手也只是落在他胳膊上，反被他拽住了手。

手是热的。

不同于平时的温热，是炙热的，是滚烫的。

程荧借着路灯看他,除了手心更热,他并没有喝醉了的模样。她看他一会儿,又想起今天下午宋菲的事情。她松开了沈迟的手,走在他身后。

两个人之间的相处,往往是程荧在说。她一沉默,长长的胡同里只剩下轻轻的脚步声。

到了大院门口,沈迟停了下来,身体靠着大院的门,拦住了程荧的路。

程荧不明就里,困惑地看着他。沈迟拉过她的手,指尖碰到了她的掌心。过一会儿,手心里被塞了几颗糖,月光落在手上,她低头看,有大白兔奶糖,有软糖,有酒心糖。

几种糖果,一样一颗。

程荧把糖握在掌心:"你从哪里弄来的?"

"今晚杨一订婚,桌子上的。"沈迟站直身体,往大院里面走,"想着你喜欢吃,就给你带了几颗。"

明明糖果还在手心安静躺着,没有剥开,程荧却觉得已经尝到了甜丝丝的味道。这种味道在空气里蔓延,与月光融在一起,像软糖一样柔软的情绪,只属于她一个人。

她把那些杂乱的情绪搁置一旁,轻声说:"我又不是小孩子了。"

沈迟手插在兜里,回身看她:"吃糖,不只是小孩子才有的福利。"

程荧剥开一颗软糖,和想象中一样甜。她抬头看了一眼夜空,夜空温柔,星光熠熠。

她想,烦心事就暂且忘记吧。

纯白色的大房间明亮干净，长长的一条走廊，粉白色的纱轻轻晃动，程茵坐在软软的椅子上，低着头翻看着婚纱手册。

"小茵，过来帮我看一下。"

许末的声音由远而近传来，薄纱被人撩开，程茵看过去，许末白皙的手指拉着薄纱，淡笑着站在她面前。

许末很高，身材凹凸有致，抹胸的鱼尾裙婚纱衬得她性感漂亮。她头发往后绾起来，前面垂下两缕头发，笑得有些腼腆："这件怎么样？"

许末小时候就喜欢和程茵玩，她回国后听说沈迟和程茵已经结婚，便经常约程茵出来。去纽约几年，许末在国内已少有熟悉的好友，于是试婚纱时拉上了程茵。

两人一同站在镜子前，镜子里的许末满眼温柔地笑，程茵也笑："我是不是应该拍下你的照片，顺便问杨一哥要红包。"

前两天，她被许航拉到大院的聊天群，今天试婚纱为了保留神秘感，许末愣是没让一直黏着她的杨一跟过来。

杨一已经在群里号叫了几次，年近三十的人，撒起娇来功力一点也不弱。想到这里，许末脸上的笑意又多了几分。

许末在几件不同风格的婚纱中摇摆不定，想让程茵帮忙出主意。

程茵站在各不相同的几件婚纱前，看着许末："许末姐，其实还是让杨一哥看看比较好，毕竟是你们的婚礼。"

许末又拿过一件婚纱,贴在身前对着镜子看了看:"想给他一个惊喜,再说,我喜欢的,他不会不喜欢的。"

提起心爱的人,许末眉飞色舞,因为喜欢,所以是笃定的语气:我喜欢的,他也一定会喜欢。

因为是喜欢的人……

程茰有些跑神,许末突然问:"小茰,你们当时怎么没有举办个盛大的婚礼?"

她并不知道程茰和沈迟结婚的个中缘由。

程茰缓缓说:"是我不太想,想着简简单单就好。"

即便是合约婚姻,沈迟也想尽可能地满足程茰所有的少女梦想,程茰却毫不犹豫地拒绝了。婚礼只适合相爱的人,若沈迟不喜欢她,那些不过是烦琐又扰人的程序。

没有意义。

许末看着婚纱若有所思:"你呀,还是太年轻了。婚纱这么美好的东西,要在最好看的年纪穿给喜欢的人看啊。"

程茰敛眉,过会儿又轻轻笑,半开玩笑道:"没关系,我什么年纪都好看。等我什么时候想穿,就可以穿上。"

"是,漂亮的女孩,是不害怕年纪的。"许末看着程茰若有所思,片刻后,把她拉到大大的落地镜前面,"但现在我要勉强你一下了,你帮我试试这几件婚纱,我看看哪一件更好看。"

程茰不可置信,指了下自己:"要我帮你试吗?"

"嗯,就是你。快去帮我试一下。"许末把她往试衣间里推。

程茰抱着婚纱站在试衣间里,看着微笑着的许末,只好换上。

一丝不苟地换好婚纱,她打开试衣间的门走出来。因为刚才换衣服,她脸上有一层薄薄的红，锁骨清晰，腰身处被裙子紧紧裹着，盈盈一握，背后的蝴蝶骨分明，白皙的背半裸着。

许末轻笑："不行了，这件我不要了，你穿着比我好看多了。"

程荑看镜子里的自己，有些陌生，她想赶快把婚纱换掉，被许末伸手拦着："别着急，让我拍几张照片。"

许末拍完照片之后，程荑回到试衣间换回自己的衣服。

许末拿起手机，打开群聊："发红包@沈迟。"

一秒内，杨一发来了一个红包，后面又跟着一条消息："老婆，婚纱换完了吗？你要钱干吗？怎么不找我？"

许末指尖动了几下："闭嘴。"

沈迟迟未回复，她笑了下，发了一张照片在群里。照片里的人背影窈窕，裸露的蝴蝶骨清晰，微卷的发被随意地拢起，扎成低马尾，慵懒又迷人。

一个红包闪发出来。

许末眯眼笑，一副得逞的表情，点开一看，三位数的红包。

沈迟："红包收下，图片撤回。"

许末："知道了，我会单独发给你的。"

收了钱，哪儿有不听话的道理。许末不仅听话，还点开沈迟的微信，善意地把刚刚拍摄的程荑的照片全部发过去，末了还加了一句："这么好看的画面，你应该亲自欣赏一下。"

沈迟手指点开图片，眼神落于上面。

许末又发了条消息："红包就谢了，算是份子钱。"

许末正要关掉手机，置顶的人发来了一个红包，点开一看，又是一个三位数的红包——

杨一："红包，还是我给老婆比较好。微信红包有限额，日后补上。"

许末翻了个白眼："老公，我们还是一起坑沈迟比较好。"

事务所的项目已经进行大半，图纸散乱地丢在桌上，画图纸的人却已经不愿落笔。沈迟把笔丢下，取过西装穿上，踩着木质阶梯往下走，被何延拦住上下打量调侃："这是要去哪儿？请假没？"

沈迟淡定地推开他的手："翘班。"

"这两个字听起来很年轻啊！"何延调侃道，"是哪位让我们沈总返老还童？"

半小时后，沈迟的车停在北城最受欢迎的婚纱店门前，他身形修长，长相优越，自进入店中便被频频注视。

沈迟在沙发旁边坐下，朝许末颔首，许末带着揶揄的笑："你来晚了。"

程荑刚换下衣服，低头整理了一下裙角，出来看到沈迟的瞬间很诧异，她不记得自己有告诉沈迟自己要来这里。

沈迟身边剩下一个空座，程荑坐过去，听见他说："恰好路过，你试完了？"

"不是我。"程荑轻轻摇了下头，"我陪许末姐来试婚纱。"

"选定了？"沈迟问许末。

"心里已经挑好了，本来打算拿你给的红包请你家小荑吃饭，既然你来了，就快些把她带走吧。"

程荑困惑："什么红包？"

"没什么。"沈迟起身，看向程荑，话却是对着许末说的，他微扬眉，"你们结束了，那我就带她走了。"

许末摆了摆手："行行行，你这么迫不及待，我也不好再强行拉着你家的人吧。"

程荑连忙解释道："许末姐，如果你需要我的话，我可以不跟他走的。"

许末看着面前宛如一对璧人的两人："这边已经差不多了，你还是跟着走吧，我觉得沈迟更需要你一些。"

程荑脸一红，拎着包回头走了，一旁的沈迟大步跟上。

许末在身后托腮看着两人，只觉得这对相处起来还蛮有意思，明明眼神中总有喜欢，却偏偏时刻透着疏离。

像时而相交时而分离的两条曲线。

好像稍有不慎，就是再无交集的平行线。

又好像，再往前踏一步，就会紧紧相拥。

商场中央，名贵的服装店里，沈迟坐在等候区，回复邮件消息。

一旁的工作人员看着沈迟窃窃私语，正敛神坐在沙发上的是少有的陪女朋友来买衣服，却不见神色有不耐烦的男人。

程荑坐在造型室，手指无意识地攥紧又松开，她拉开帘子走出来，银白色的纱质短裙，腰身恰到好处，散开的长发在耳畔卷了几缕，发型精致又俏皮。

像是从画报中走出来的人。

沈迟站起身，同她站在一起，镜子里的两个人看起来无比般配。店里的经理走过来，惊羡着说："两位真的是很般配呢。"

沈迟深邃的眼眸添了一丝色彩："还要再试试别的吗？"

程荑仰起头，神色羞涩："就这件吧，我觉得挺好的。"

"嗯。"沈迟让经理把衣服装起来，顺便预约了造型，声音低醇，"再试的话，就要抢了许末的风头了。许末估计会再问我要一份份子钱。"

程荑脚步一顿。

再要一份份子钱？

她想起刚才在车上看到群里的聊天记录，满脑子问号，疑惑地问沈迟："许末刚才撤回了什么？"

沈迟嘴角含笑："刚才在试婚纱？"

程荑瞬间明了，许末是发了自己的照片。

程荑拨了一下头发："许末姐在挑衣服，我帮她试了一下。"

沈迟点点头："嗯。"

程荑问："为什么突然来接我？"

沈迟发动汽车引擎："杨一婚礼，想带你买件礼服。"

末了，他又说："好像还没有带你买过衣服，体验一下。"

他嘴角带笑，一副浪荡公子的模样。

和记忆中的沈迟不一样，和她认识的沈迟也不一样，可她沉醉在他嘴角的弧度里，眼前的人似一壶珍藏多年的酒，她未尝先醉。

杨一和许末的婚礼是在一个礼拜天，也是许末生日后的第一天，有人问他们为何不把婚礼定在生日那天。

"把两件好事放在同一天，那样会更幸福吧。"

杨一说："我想让她每天的幸福都不会少，却更希望让她快乐的日子再多一天。"

婚礼是按照许末的喜好安排的，场地在湖边的草坪上，到处都是粉色和白色的纱。沈迟带着程荑往许航那一桌走，把椅子拉开，让程荑在身旁坐下。

婚礼开始，杨一和许末果然不负众望，走了一条非寻常的路。

听着主持人的话，许末笑靥如花，流泪的反倒是杨一。大家第一次在婚礼上看到新郎掉眼泪，张云先和许航已经先后拿起了相机。

程荑忍不住想笑，她动了下椅子，手指不小心碰到沈迟的胳膊。沈迟视线移过来，靠近了她一些，眼神里还有方才的笑意。

两人一时间都没有收回笑意，四目相触，好像有什么在悄悄破冰。

许航举着相机看过来，声音轻佻："你们继续，不要克制，我们不介意再多吃一份狗粮。"

程荑闻言猛地退开。

许航把相机移开，装作无事地继续拍台上。沈迟又靠过来，他的胳膊落在程荑身后的椅背上，看上去像是把她圈在了怀里，他问："你刚才要做什么？"

程荑不好意思地说："没事，就是不小心碰到你了。"

婚礼过后，就是派对，晚上还有室外舞会，闹腾到很晚，结束时已经到了半夜。新婚夫妇回到了房间，把楼下一整层都留给了这几个熟识的老友。

程荑打算先回房间，沈迟想跟着她一起走，被许航一把拉住："你干吗，过来喝酒。"

程荑往房间走："那我先回去了，你少喝点儿酒。"

许航笑了："沈迟，你家的人已经放行了，赶紧过来喝酒。"

沈迟站在原地，看着有些乏困的程荑，她脑袋微微垂着，连头发都配合她的困意，也软下去，看起来像是一只疲惫的猫咪。

他忽然觉得，比起喝酒，他好像更想待在她身边。

沈迟微微挑眉，看着坐在沙发上摆好酒瓶的几个人："你们几个都没有女朋友，可以称之为单身派对。我一个已经脱离单身苦海的，就不参与这种单身派对了。"说完，他快步上前，手指轻轻碰了下程荑的肩膀。

看她低垂的脑袋抬起来，眼神茫然，沾染了困意，他道："我不和他们喝酒了。"

"哦。"程荑又耷拉下脑袋，闹了一天，她是真的有些困了。

程荑打了个哈欠，眼睛里蓄满了因困意而来的生理性泪水，轻声说："那我们回去吧。"

沈迟点头："嗯。"

许航抱着酒瓶，看了看张云先："有点羡慕了，忽然觉得喝酒很没意思。"

张云先也一脸忧郁状："羡慕了，为什么我们几个风流倜傥的少年，却在这深夜孤独喝酒呢？"

许航喷了一声："要不我也去试试找个喜欢我的女孩子，我看沈迟已经彻底栽进去了。"

"我看可以。"

两人一唱一和，被身边的人拿酒瓶碰了一下："兄弟们，不要做梦了，趁现在能喝一会儿是一会儿，你们怎么保证，到时候自己不是妻管严呢。"

许航和张云先一愣，埋头喝酒。

陷入困意的程荑并没有听到沈迟刚刚的那一番话，她自顾自地往房间走，一个人霸占了一张床。沈迟走进房间，把房间的温度调了调。

程荑没有完全睡死，她想起还要洗漱，拼命地爬起来，眯着眼睛站在镜子前面刷牙。

她从镜子里看到了沈迟。

安静了几秒，程荑歪着头，扯开嘴角笑了一下，嘴边白色的牙膏看起来滑稽。镜子里面，沈迟回以浅浅的笑意。

房间窗帘紧拉，阳光洒满大地的时候，程荑醒来。她赤脚踩在地板上，趴在木质窗台边，想起昨天的沈迟，眯着眼整理心情。

她知道沈迟不喜欢自己。

可她总能窥见沈迟温柔的一面，让她误以为这温柔是属于她的。就像今天早晨，她记得沈迟醒来后把窗帘拉上，遮住了透进来的阳光。

程荑周一要去参加一个会议。

李竞请她帮忙做会议翻译，她左右无事，加上米璐也会参加会议，便同意了。

程荑去了才知道来参加这场会议的人并不少，而且，她在人群中看到了沈迟。

沈迟正在同合作方商谈先前项目的细节，待众人目光集中在走进来的一行人身上，他也随之看过去。

程荑穿着轻熟职业装，纯白色的无任何褶皱的衬衫，黑色的包臀裙显着精致的腰身。她还化着淡妆，嘴角带着淡笑。

合作方瞧见沈迟走神,礼貌地停了下来:"有什么问题吗?"

"没有,我们继续。"

程荑坐定在李竞后方,毕竟是有头有脸的大人物,李竞的位置也算显眼,她坐在其后也难以被忽略。

宋菲也在。程荑望过去的时候,宋菲刚好递了一份文件给沈迟,程荑挪开视线,专心做会议记录。

这其实是一场大的合作,涉及国内外好几家公司。等到会议结束,自然免不了一顿聚餐。这种聚餐,大多是以应酬为主,几乎没人专注于晚餐。

李竞没有四处应酬,而是贴心地问程荑要不要先吃些什么。

程荑摇了摇头,她的视线不自觉地追随沈迟,见他身边围了几个人,也便收回了视线。

越来越多的名片塞过来,沈迟拉何延过去挡枪。

"你要去干吗?"何延应酬了几句,举着酒杯问他,"对了,刚才看到程荑了,怎么你们今天还是夫妻档啊?"

沈迟转身离去:"名片,记得等会儿都收下。"

何延应下,但还是拉住沈迟:"你还没说要去干吗。"

何延一直拿沈迟当事务所的颜值"C位",所谓"C位",当然是在各种应酬场所最能发挥作用的位置。而现在,这人轻飘飘丢下一句话就想溜,何延当然不能放行。

"我去找家属。"沈迟说,"何总,总不能这也要拦着吧。"

"你他……"何延忍住没把最后一个字说出来,极好地保留了素养。他摆了摆手,看起来已经很疲惫了,"行,我可不敢耽误您的幸福生活。"

何延痛心疾首:"沈迟,你记不记得,你以前的外号可是'高岭之花',怎么现在这么堕落呢?"

程茵放下酒杯,打算先回公寓。走到过道里突然被人撞了一下,陌生女生的酒杯一歪,酒液悉数泼在了她的身上。

红酒浸湿了白色的衬衫,程茵顾不上女生的道歉,正要往洗手间走,身上就被披上了一件西装。她扭头看过去,是沈迟。

沈迟给她披上了衣服,胳膊就揽住了她的肩膀,将她整个罩在怀中,碰巧李竞看过来,走过来问她:"怎么回事?"

程茵拽住了沈迟的西装,把自己裹得紧紧的:"红酒洒衣服上了,李总,我先回去了。"

李竞的眼神在她和沈迟身上停留了一会儿,轻轻颔首:"行,先回去吧。"

沈迟径直把她带离到停车场,她见他只着薄薄的衬衫,轻声问:"你冷不冷?"

"不冷。"

回到公寓,程茵舒了一口气,总算是回来了。她把沈迟的西装挂上衣架,听见他问:"晚饭想吃什么?"

程茵只想赶紧去浴室换下衣服,顺便洗澡。她回过身,却见沈迟正淡淡地看着自己,顺着他的视线往下看,因为一杯直接浇下来的红酒,湿透的衣服正紧紧贴在自己胸前。

程茵突然间抱住了双臂,然而这个动作更显得欲盖弥彰。

她不说话了,转身跑去了浴室,似乎还能听得到身后清浅的笑声。

程茵站在浴室里发呆,直到镜子上面的雾气渐渐消失,映出她干净的脸庞,她才磨磨蹭蹭地从浴室里出来。

沈迟从厨房里端出两碗面条,卖相不错,但关键是……程茵问:"你什么时候学的做饭?"

其实沈迟并没有学习厨艺,而是刚刚在网上找的教程。而且幸好她待在浴室里面的时间比较久,上一份很咸的面条已经贡献给了垃圾桶。

厨房的灯光下,她素净的脸白皙干净,捧着白色的碗,笑起来很好看。

"味道还不错。"程荑最后总结。

晚饭后,程荑洗漱完要回房间,沈迟正坐在沙发上处理未完成的工作,她经过客厅时停下脚步:"我去睡了。晚安。"

"晚安。"

程荑默默地想,原来说晚安,也是一件很幸福的事情。

第二天,程荑是被小孩子的声音吵醒的。

朦朦胧胧中听见一个奶声奶气的声音,她缓缓睁开眼,就和扒着她床沿,试图往她床上爬的小孩大眼瞪小眼。

程荑揉了揉眼,听见小男孩正在叫她"姐姐",嘴里还含混不清地嘟囔着其他话,她费了半天劲儿才听明白他说的是"要抱抱"。

敲开程荑卧室的房门时,沈迟看到的就是这一番场景,乐乐两只手抓着床单,小脚挂在床边,而程荑呆愣地坐在床上,一副没搞清楚状况的模样。

沈迟也是一早刚醒来便被堂哥敲开了门,当时堂哥二话不说把孩子塞给他,转身便说要去享受二人世界了。此时他身上穿着的是一件白色的短袖,有些许的褶皱,显得懒洋洋的。

沈迟扶着门,轻轻挑眉:"还记得乐乐吗?"

程荑点了点头,她是见过乐乐两三次的。程荑笑着看乐乐往床上爬,忍不住伸手将乐乐抱起来,小男孩张开双臂:"姐姐,抱抱。"看到站在门口的沈迟，又含糊地叫了一声，"苏……苏……"

程萸扑哧笑出声，伸出手捏了捏乐乐软软的小脸蛋。

沈迟无奈地走过来，一只胳膊就将乐乐抱起来，偏头看了程萸一眼："让你……姐姐先起床，等会儿再抱。"

程萸起了床，谁知道乐乐又想黏着她，迈着小腿磕磕绊绊地跟在她身后，弄得她哭笑不得。

坐在餐厅里，沈迟才解释道："沈至去旅游了，早晨送过来说让帮忙照顾几天，这两天周末，周一送去托儿所就行。"

程萸瞧着乐乐吃早餐时鼓囊囊的脸蛋，笑了笑："好啊。"

然而照顾小孩却不是什么轻松的任务，回到家的程萸看着又要自己抱的乐乐，无奈地张开了胳膊。今天沈迟似乎也无事可做，就拿着电脑在一旁看视频，时不时看向正陪着乐乐搭建乐高的程萸。

程萸触到他的视线，微微笑了下："哎？为什么乐乐不黏着你？"

沈迟耸耸肩，程萸忽然间灵光一闪："该不会因为你是叔叔吧？"

沈迟放下电脑，声音含着笑意问程萸："你说什么？"

乐乐抬起圆圆的小脑袋："苏苏（叔叔）……"

程萸摸了下他的小脑袋："叫姐姐。"

"姐姐。"

程萸眉眼弯弯，为了方便和小孩子玩耍，她把头发扎成高马尾，未施粉黛。沈迟把电脑关上，也走过去帮乐乐搭建乐高。过了一会儿，他看向程萸："想不想去游乐场？"

程萸愣了愣，乐乐抓着乐高抬起头，夹在两人中间，声音弱弱的，存在感却很强："车车，糖糖，苏苏……要……"

周末的游乐场人满为患，乐乐刚看到碰碰车就想要冲过去，自己一个人又不敢,便聪明地抓着沈迟不放。

程萸趴在外围的栏杆上,看了一会儿沈迟和乐乐玩耍,决定独自去坐过山车。从过山车上下来,她又去玩了跳楼机,这时才想起来沈迟和乐乐。

拥挤人流中,程萸给沈迟打电话,电话那端比自己这边安静一些,沈迟告知她地址之后便等待她挂断了电话。

他牵着乐乐站在棉花糖摊前,乐乐小手抓着他的裤腿,沈迟一把将他抱起来,举得高高的。乐乐举起来两根手指,沈迟指着棉花糖:"要两根?"

乐乐紧紧搂住沈迟的脖子:"给……给……姐姐。"

沈迟生出逗他的心思,举着棉花糖摊主递过来的棉花糖,慢慢教道:"不要叫姐姐,叫婶婶。"

"姐姐。"

沈迟一只手高举着棉花糖:"是婶婶……"

"婶……婶。"

沈迟满意地点头,奖励似的把棉花糖递给乐乐。乐乐一边吃棉花糖,一边咧嘴笑,等到程萸找过来时,又张开胖乎乎的胳膊,咧嘴喊道:"姐姐。"

沈迟看了乐乐半晌,末了自己倒先笑了,自己这是在和小孩子计较什么?

小孩子精力旺盛,又闹着要去坐摩天轮。沈迟和程萸肩膀挨着肩膀,乐乐不肯坐下,非要站在两人中间,肉乎乎的小手分别抓着两个人的手,伸到半空中的时候却使劲拽着沈迟的手:"亲亲。"

过了一会儿见沈迟不动,他又拉着程萸,跺了跺脚吼道:"亲亲!"

又过了半分钟，程荫和沈迟才齐齐明白，乐乐是想让他们两个人亲吻。程荫满脸黑线，估计乐乐是和沈至夫妻俩坐过摩天轮。可她和沈迟……程荫不作声，谁知道乐乐十分坚持，几乎就要哭出来。

程荫抬眼，偏过头看沈迟，却撞到沈迟紧紧盯着自己的视线。那双墨色的眼睛里有看不分明的深意，四目相触，一瞬间狭小的空间似乎升温不少，程荫感受到自己不同寻常的心跳声。

沈迟勾唇笑道："你想听到乐乐哭吗？"

程荫保证，她一定是对于乐乐哭声的恐惧大于想要更加靠近沈迟的欲望，所以她才在沈迟靠近时忽然凑了上去，甚至极为贴心地挡住了乐乐的视线。

她在沈迟嘴角落下一吻。

摩天轮缓缓升至最高点，程荫重新坐正，乐乐鼓起掌来，他瞅了瞅红着脸的姐姐，睁着大眼睛又看了看叔叔，眼珠骨碌碌转了转，算是完成了妈妈给的任务。

于是乐乐咧嘴笑了笑，满足地吃着棉花糖。

从摩天轮上下来，程荫脚步走得飞快，耳根红红的。沈迟心情莫名好起来，他抱着乐乐，又往乐乐怀里塞了几根棒棒糖。

傍晚，沈迟和程荫一起回了大院，梁梅看到乐乐后乐不可支，同乐乐在大院里玩。程荫出去玩了一天，拖着疲惫的步伐往卧室里面走。房间的窗户打开着，落日余晖洒在里面，程荫站在窗前，揉了揉酸痛的肩膀。

一回头，沈迟正倚在卧室的门前，双手抱胸，目光细致地盯着她。

不自觉地，程荫的目光从他的双眸落在他的薄唇上，她无可避免地想起摩天轮上的那一吻。

夕阳的一缕光落在耳畔，有灼热的温度。沈迟似是知道她正在想什么，缓步朝她走过去。他站在她面前，居高临下地看着她，程萸后退一步。

沈迟好笑道："你在想什么？"

"没什么。"程萸不再看他，视线移到窗外。

"今天中午，"沈迟嘴角微微勾起，"你算不算占我便宜？"

"我……"程萸语塞，从沈迟的角度看，她的耳朵更红了一些，"我是害怕乐乐哭，再说，我这也算吃亏了，好吗？"

"哦。"沈迟语气未变，说出的话却让人浮想联翩，"那你还想占回来？"

他的语气过于正经，程萸甚至怀疑是自己想太多。

程萸担心沈迟再说什么，猛地往前推了一下沈迟："我想休息一会儿，你先出去，吃饭的时候再叫我。"

程萸猛地关上门，扑到床上便拿被子蒙过了头。心脏因为沈迟所说的话怦怦乱跳，久久不能平静。

也许是真的困，没一会儿她便抱着枕头睡着了。

沈迟和沈父坐在客厅里下棋，沈父往大院里看，梁梅正带着乐乐玩。沈父右手执棋落下一子："沈至这次怎么把孩子丢给你？"

沈迟跟着落下黑子："前两天一起喝酒，估计就想到我还比较空闲。"

沈父笑了笑，视线从棋盘上抬起来："那你们怎么想的，不打算要个孩子？"

沈迟手指顿了顿："孩子？"

"是你妈经常在我耳边念叨，又不忍心催你们，怕影响你们心情。"沈父喝了一口茶，"我就代你妈催一下。"

沈迟垂眼，手中的棋子落在棋盘上，他微微一笑："不急，再说吧。"

"那是还没打算啊?"沈父推了下眼镜。

沈迟再看棋局,处处是陷阱,任他落子到哪里,都是死路一条,他将棋子放回原处:"输了。"

沈父笑呵呵道:"今天,心不在此啊!"

沈迟回答父亲上一个问题:"她还是小孩呢,另一个小孩的话,不着急。"

程蓂刚打开房间门,就听到沈迟这句话。她撇撇嘴,也就他会说自己是小孩子,可算起来,他也就大了自己四岁。

沈父笑着看过来:"小蓂,你陪我下两局。"

程蓂走到沈迟旁边,看了一眼乱糟糟的棋局,背过手说道:"沈迟,你今天好像不太专心。"

"小蓂都看出来了。"沈父让沈迟离开,和程蓂开了一盘新棋。

回到公寓,乐乐硬要和两人睡在一起,程蓂觉得无比尴尬,好在沈迟拿起一本童话书,讲故事来哄乐乐。

他嗓音低沉,被夜色渲染出温柔,程蓂不自觉闭上眼睛,缓缓睡去。

沈迟看着身边先后睡去的两人,合上童话书笑了笑,抬手关掉了床头的阅读灯。

整个周末,乐乐都缠着两人一起玩,沈迟也罕见地没处理任何工作,穿着白色的衬衫,挽起袖子陪他在客厅玩耍。

周一乐乐要去托儿所上课,下午程蓂去托儿所接他放学的路上接到陈桉的电话,便带着乐乐去餐厅蹭饭。

程蓂走到靠窗的座位便看到桌子上一大束娇艳欲滴的玫瑰花,她愣了愣:"这是要干吗?"

陈桉勾唇笑:"如你所见。"

程荑让乐乐坐在婴儿凳上,取笑道:"你不会是刚被哪个女生拒绝,所以连玫瑰花都没有来得及撤下去吧。"

陈桉手指碰了下玫瑰花,挑眉道:"送你了。"

程荑笑了笑:"真的被人拒绝啦?"

陈桉耸耸肩,不置可否,他把菜单递给程荑:"吃什么?"

程荑也不客气,点了一堆菜。乐乐见到陈桉也不说话,圆溜溜的眼睛看着两个人,乖巧无比,不哭也不闹。程荑解释道:"这是乐乐,沈迟堂哥的儿子。"

最终那束玫瑰花也没被拿走。吃过晚饭,时间也不早了,陈桉将两人送到楼下。程荑原本打算和陈桉聊一会儿,谁知乐乐拽着她的手非要离开,她哭笑不得,只好先和陈桉告别。

电梯里,乐乐拽着她的手问道:"婶婶……刚才那位叔叔是谁啊?"

程荑蹲下身,和他平视:"你叫我什么?"

"婶婶。"乐乐转了转眼珠,他刚才突然感觉到一种婶婶要被抢走的感觉,所以他慢悠悠地添了一句,"是苏苏教乐乐的。"

程荑愣了愣,揉了下他的脑袋,缓缓站起身。

客厅里,沈迟懒散地坐在沙发上,听到开门声时视线扫过来。程荑没想到沈迟会这么早回家,牵着乐乐进门。

"吃晚饭没?"

"吃了!"乐乐拉着程荑走到沙发旁,奶声奶气地说,"是一个叔叔带我们去吃的。"

沈迟挑眉看过来。

程荑莫名心虚:"是陈桉,今晚我们一起吃了晚餐。"

乐乐坐上沙发，偷偷看程蓃一眼，然后趴在沈迟耳边，用小手捂着嘴说："叔叔还给婶婶好大一束花，是红色的花，我爸爸也送给过我妈妈。"

程蓃无奈地望着两人的动作，看到了沈迟一瞬间沉下去的脸色，她皱了皱眉，但沈迟并没说什么。

乐乐躲到一旁吃果冻，往常他害怕沈迟，沈迟在的时候都乖乖写作业，今天被沈叔叔赦免，便继续玩耍。

程蓃好笑地问沈迟："乐乐和你说什么了？"

"说你今天收了一束玫瑰花。"沈迟语气平淡。

"啊？"程蓃反应过来，可她面前的沈迟看起来没有任何异样，她塌了下肩膀，有一秒钟的失落。

她刚想解释，沈迟就站起身问道："怎么没把花带回来？"

程蓃眨了眨眼，将要说出口的话咽了下去："你想我把花抱回来啊？"

她说完之后就没期待听到回复，因为沈迟会对这句话有所回应的可能性大概比世界末日到来的可能性还要小。

可她没想到，沈迟接下来悠悠说了一句话："不是很想。"

程蓃看着沈迟淡然的目光，回到房间后，背靠在门上给米璐发微信："我觉得沈迟刚刚吃醋了。"

末了，她又加上一句："当然，是我猜的。"

米璐的消息下一秒就发过来："啊，发生了什么，你们最近的关系是不是突飞猛进？有望开花结果？"

"并不是。"程蓃说。

"那你打算做什么？"

程荫闭上眼睛,想起最近沈迟的温柔,她的心像是一个冰冷的容器,被他的温柔一点点侵占,而她心甘情愿让出空间。

程荫笑道:"我打算得寸进尺那么一下下。"

几天后,沈迟送乐乐回家,乐乐依依不舍地站在客厅里,委屈得要哭出来,又觉得男孩子不能随便流眼泪,于是嘴巴瘪下去。

程荫被逗笑了,摸摸他的脑袋:"有空过来玩哦。"

乐乐点点头,在程荫蹲下后,一把抱住她的脑袋,在她脑门上亲了一下,然后趁着程荫不注意,朝沈迟咧嘴一笑。

"……"

沈迟送乐乐回来,打开公寓门,看到坐在地毯上捧着酒瓶喝酒的程荫。沈迟将钥匙放在玄关处,微微蹙眉走上前,确定程荫并不是故意酗酒,便松了口气。

酒的度数不高,闻起来有香甜的气息。

沈迟回到卧室洗澡,头发随意擦干后,他走了出去。客厅的灯没开,只剩下月光洒在地上,他走到程荫身边,姿态随意地坐在沙发上:"心情不好?"

程荫拿着酒瓶看着他,点了点头,又摇了摇头。

沈迟不担心她喝醉,况且第二天又是周末,他靠在沙发上,闭着眼睛,忽然就感觉温热的手掌碰了碰自己的胳膊。

程荫仰起头,认真地盯着他。酒精没让她眩晕,是夜晚和沈迟让她有些眩晕,她一字一句认真道:"沈迟,那天在游乐场……我算不算占了你的便宜啊?"

沈迟好笑地看着她:"醉了?"

"没有。"程荑摇摇头,"所以,你要不要占回来?"

程荑眼睛比月光还要亮,这么点儿酒,不至于喝醉吧?

沈迟只当她在玩笑,没有理她,直到她突然间用手指碰了碰他的脸:"喂!你真的不要吗?那我走了。"

听上去有些委屈。

和别人可以聊天接近,就不愿意接近自己吗?

程荑作势要站起身,沈迟拉住了她的胳膊,很轻易就将软绵绵的她拉到了自己身边,他沉声道:"你知道自己在说什么吗?"

"不就是让你……占便宜吗……"程荑嘟囔,又更小声地说,"而且,我没有喝醉。"

程荑见他沉默不语,反而更生出了一种飞蛾扑火的心态。她抓着沈迟的手,将原本很近的距离拉得更近,直到两人的唇轻轻碰在一起。

然而下一秒,她却有些手足无措,轻轻睁开了眼,同沈迟的视线撞到一起。

还没明白发生了什么,一个炙热的吻就落下。沈迟将程荑抱在怀中,他微微倾身,将她压在身下。

程荑下意识抓住沈迟的后背,摸到他背部结实的肌肉。

呼吸是乱的,衣服也有些乱,两个人抱在一起,沈迟眼眸中生出浓重到散不去的情欲,他毫不怀疑,再继续下去自己会做些什么。

他强迫自己松开程荑的双手,起身走回卧室。

程荑愣愣地躺在沙发上,本就眩晕的大脑已经停止运转,她碰了碰自己灼热的双唇。

唇是热的。

心也是热的。

"所以你昨晚调戏完沈迟，就因为不敢面对他，直接跑来了我这里？"米璐穿着睡衣站在厨房里，将外卖分成两人份，端着盘子走出来将其放在吧台上，而后靠着吧台，饶有兴致地问程萸。

程萸趴在吧台上，点了点头。

"哎，要我说，沈迟和你在一起真的是捡到宝了。接个吻而已，你就羞得离家出走了。"米璐胳膊肘撑在吧台上，笑得万种风情，"那万一你们以后……再有些别的什么？"

程萸不动声色，任由米璐调侃。她早上起床就来了米璐这里，醒来的时候沈迟大概还在房间，如今已是下午，手机上毫无动静。

也是，不过是接吻而已，还能收到什么特殊的回复。

这时手机铃声突然响起，她看了一眼，屏幕上的名字正是沈迟。米璐瞥一眼手机，笑着说："不敢接啊？"

程萸撇撇嘴，坐直身体接电话。

何延昨天给了沈迟一张邀请函，是一个商业晚宴，何延留下一句"记得带女伴出席"就离开了办公室。

昨晚回去，沈迟本打算问她，谁知道昨晚……沈迟一只手把玩着手机，一只手轻轻拭了下嘴唇，他微微沉声："你在哪里？"

"呃……在米璐家。"程萸语气迟疑，想要解释为什么一大早就出了门，"今天米璐心情不好，我来陪她。"

被迫心情不好的米璐闻言摇了摇头，无声地笑了。

"今晚有一个晚宴，想让你一起参加，有空吗？"

"有空。"

"那我去接你。"沈迟语气轻松,似乎并没有被昨晚影响,"要不要准备什么?去买件衣服?"

"不用。"程荑看了眼时间,"你……一个小时后再来接我吧。"

程荑冲到卫生间,看着失眠导致的黑眼圈苦不堪言,她敷了片面膜就开始站在米璐衣柜前找裙子,成功地翻出来一条紧身裙时,她瞥见衣柜最左侧挂着一件熨烫妥帖的男士衬衣。

她困惑地关上了衣柜门,米璐推门进来把她摁到化妆镜前化妆。

二十分钟后,米璐放下化妆刷,盯着镜子里的程荑。

用她的话说,程荑现在已经从早晨的落魄少女变成了光鲜亮丽的都市知性女性。

程荑踩着不高的高跟鞋,米璐靠在门口,对她摆了摆手:"走吧,希望你晚上就别回我这里了。"

公寓楼下停着沈迟的车,程荑敲了敲车窗,车窗缓缓降下来,程荑不好意思地问:"等很久了?"

程荑坐上车,瞧见沈迟并无异样,暗自松了口气。一路上两人都沉默,沈迟时不时看她一眼,见她眼神躲避,好笑地不再说话。

晚宴仍旧无趣,不停地有人同沈迟应酬,程荑便走到了一旁。

何延端着酒杯走过来:"小程荑,能不能请你帮个忙?"

"什么?"

"我们公司要去海岛团建,还缺一位潜水教练。"何延笑道,"当然,大部分人也不会想去潜水。"

"所以……"

何延饮下一口酒:"所以,我的意思呢,就是邀请沈迟的家属,也就是你,免费参与团建,你愿意吗?"

"可以啊。"程荑回头看了一眼,却瞥见沈迟和宋菲正站在一起。沈迟站在宋菲左侧,大概是为了听清宋菲说话,微微低着头,两人看起来有些亲昵。

程荑收回视线,脸上的一抹黯然没逃过何延的眼睛。何延晃了晃酒杯:"沈迟旁边站的人,是我们这一年的合作方派来的,估计在谈工作。"

程荑状似不在意地笑了笑。

何延久经商场,早已经是一根老油条,自然看出来了程荑此时的不开心。他晃了晃酒杯走远,虽然搞不清这两人总是若即若离的状态怎么回事,但他还是清楚沈迟对她的在意。

若是能促成一桩好事,何乐不为。

何延同沈迟站在一处,轻抬下颌朝程荑看去:"怎么带了人过来,还不去陪着,我可看到小程荑不太开心了。"

沈迟微愣,视线定在独自站在角落中的程荑身上,并不见她有不开心的情绪,大抵也并不是如何延所说,因为自己而情绪低落。她可是还没说过喜欢自己呢。

沈迟收回思绪,跟何延碰了下杯:"这里交给你了,我提前退场了。"

视线覆盖上一片阴影,程荑抬头,看到站在眼前,嘴角带着些许笑意的沈迟。沈迟轻启薄唇:"很无聊?"

"没有。"程荑摇摇头,"不过,我在这里好像也没有什么事情,我想先回去了。"

沈迟微微垂眼,旁边有服务员经过,他把酒杯放在服务员举着的托盘上,轻轻拉着程荑的手腕:"走吧,我和你一起走。"

程荑愣住:"你不用……继续待在这里吗?"

"不用。"沈迟带着她走出去,直到走到车前才放开她的手,他靠在车门上,"要回家?"

她刚才只是想找一个离开的借口,没想到沈迟跟她走了出来,一时竟不知怎么回答,最后还是沈迟打开车门,让她先坐上车。

沈迟今晚没喝酒,他发动引擎,不急不缓地开出去:"这里离一个地方挺近,好久没去了,带你去看看。"

车子往前开,到了一处空旷的地带,往前看是一条蜿蜒的路,沈迟停下车降下车窗,程荑看了一眼:"这里是飙车的地方?"

"以前和杨一他们经常来。"沈迟意外地看她一眼,"你怎么知道?"

程荑轻轻吐舌:"大学的时候,陈桉经常拉着我出去,见到过几次类似的场地。"

沈迟升起车窗,嘴角微抿:"安全带系好。"

话音刚落,他便踩下油门,车速比不上不要命飙车的速度,却是比平常的速度快上很多。山路崎岖,车窗再度降下,风从窗外猛烈吹进来,带着凉意。

这样刺激的夜晚,夜空漆黑,车灯亮着,直直照向前方的路面,程荑眯着眼看向沈迟,他面色冷峻,两只手冷静地握着方向盘。

程荑能想象出那样的画面,少年时的沈迟恣意张扬,不似现在收敛了少年气,更像是一个得体的大人。

那些是她不曾出席过的年月。

或许她错过的远远不止这些。

也许是在他的十七岁,宽松肥大的校服穿在他身上也显得恰到好处的好看,他坐在教室里,低头写着对他来说轻而易举的数学题;等到放学，一个人骑着自行车穿过红墙小巷，风吹起他的校服一角……不知道那时候会不会有人给他递情书。

也许是在他的二十岁，他和许航一行人来到这里，和现在一样，手握方向盘，眼中只有前方，再无别人。

车子在山顶停下，程蒬的视线还没来得及收回，就同沈迟的目光撞在一起。她的思绪还停在刚才，被沈迟凛冽的目光一望，只觉得心跳都漏了半拍。

程蒬装作搭话道："我们停在这里做什么？"

跑车前盖缓缓升上，视野开始变得开阔，星空似幕布一般在眼前，横亘万里的银河，有一轮弯月落于繁星中央。

"带你看星星。"沈迟说。

是此刻的星空更温柔，还是他说的话更温柔，程蒬判断不出。沈迟的眼睛也落满亮晶晶的星星，有温柔几许。

程蒬弯起嘴角，被感染一样，笑了笑。

两人将座椅调低，微微仰躺着看星空，沈迟侧过脸问："刚刚在想什么？"

程蒬抿了抿唇，歪着脑袋，岔开话题："哎，你以前经常来这里吗？我还以为……"

"以为什么？"

"还以为你每天都在勤勤恳恳学习，唔，是不食人间烟火的校草那种类型。"程蒬顿了顿，"就那种电视剧里，格外高冷的男神。"

"校草？男神？"沈迟声音里带着笑意，"你是这样看我的？"

"我……"这样的夜里，程蒬似乎也变得坦诚，她没再说话，算是默认,"难道别人没这么叫过你?不应该吧?"

沈迟挑挑眉:"是有人这么叫过,不过当着我的面这么叫的,可能只有你了。"

"那表白呢?收到过吗?"

"嗯。"沈迟好笑地看她,"问这些做什么?"

程荑就知道,给他递情书的大概也是要排队的,她撇了撇嘴,瞬间没了聊天的兴致。

沈迟翘起嘴角,胳膊伸出窗外,手指虚虚地抓了一把空气:"那时候是许航先开始玩飙车,后来我被他拉来这里,玩过几次。"

"哦……"

又聊了几句,程荑那边的动静越来越小,沈迟再看过去,发现她已经睡着了。他关上了车窗,再开回去的时候,车速就慢了很多。

车停在车库,沈迟打开副驾驶座的车门,程荑微蹙着眉,不知是不是在做梦。沈迟抱起程荑,就感觉怀里的人轻轻搂住了自己的脖子,随后在他怀里找到了一个舒适的位置继续睡去。

沈迟哑然失笑,将脚步放得更缓。

事务所团建的时间定在一月后,临行前一晚,沈迟收拾好行李,想了想,敲开了程荑卧室的门。

程荑穿着吊带睡衣,刚洗过澡,皮肤是淡淡的粉色,像是成熟的水蜜桃。

沈迟站在门外道:"事务所团建,要出差一周,有事的话,打电话给我。"

程荑停下擦拭头发的动作,神色不见有任何异常,点了点头。

半晌等不到其他回应，沈迟转身往卧室走去，他不否认，没看到她脸上有不舍的神色，他是有些失落的。

于是，沈迟的低气压一直持续到第二天。候机室里，他打开电脑，面无表情地处理工作，一旁何延优哉游哉走过来："虽然你是老板，但也不用这么敬业吧。"

沈迟懒懒地没抬眼，继续回复邮件。半分钟后，他看了眼腕表，合上电脑起身："走吧。"

何延拦住他："再等一会儿，也快到了。"

话音刚落，程茵拖着小行李箱出现在候机室门外。沈迟抬眸，又看向何延，无声地询问。

何延摊了摊手："既然要团建，自然是带上家属比较好，我顺便请程茵做潜水教练。"

不远处，程茵一副隐瞒得逞的表情。

做了这么久的合作伙伴，何延清晰地感觉沈迟的心情正在由阴转晴，嘴角甚至微微翘起，泄露了他此时心情确实不错。

沈迟走过去接过程茵的行李箱，往机舱走去，两人的座位是邻座，程茵坐在靠窗的位置，飞机渐渐升上云层，沈迟笑着问："怎么不告诉我？"

程茵笑了笑："现在你不是知道了吗？"

沈迟也笑了笑。窗外是厚厚的云层和湛蓝的天空，十多个小时的漫长飞行，周围不少人沉沉睡去。

沈迟看着一旁歪着脑袋的程茵，朝空姐招了招手，轻声要过来一条毛毯，而后轻轻搭在程茵腿上。

感觉到动静，程茵睁开眼就对上空姐艳羡的眼神，她看了眼腿上的毛毯，耳朵顿时有些发烫。沈迟翻开了一本书，程荑见灯没有打开，便轻轻地打开了灯以便沈迟看书。

沈迟抬头看了一眼，随后关掉了灯："睡吧。"

几个小时后，飞机落地。酒店是推开窗就能看到海的地方，沈迟和程荑理所当然地被安排在了一个房间。

疲惫的长时间飞行后，一行人都没有出去玩的兴致，纷纷在酒店里补觉。巨大的落地窗后，夕阳斜斜照进来，窗外波光粼粼。

程荑左右无事，也跟着沈迟休息了一会儿。睁开眼时，她发现沈迟正好整以暇地看着自己，睡醒后的慵懒还停留在他的眉眼间。

程荑无意识地抿了抿嘴唇，跳起来磕磕绊绊道："我们……去吃晚餐吧。"

沈迟自嘲一笑，懒懒起身："嗯。"

两人走向沙滩处的酒吧，何延和另外几个人齐齐吹起了口哨。他们俩一个穿着沙滩裤，一个穿着碎花连衣裙，没有多余的装饰，却更显随意。

俊男靓女不论在何时何地总是很打眼。

也不管他们是什么关系，周围有人朝程荑递过来一杯酒，沈迟索性揽住程荑的肩膀，用动作阻止了周围蠢蠢欲动的男人。

何延又是啧啧两声，万年单身狗愤愤地饮了一杯酒，直到看到走进酒吧的另外一行人，才有些幸灾乐祸地撞了下沈迟的肩膀："你这下可能要倒霉了。"

沈迟不明就里地望过去，宋菲已经径直走到他面前："嗨。"

何延低声说："如果我没记错，你家那位好像也挺爱吃醋的吧。沈总，祝好运啊！"说完，何延就慢悠悠端着酒杯离开了。他决定坐在卡座内看热闹,另外还可以避免和沈迟坐在一起,被沈迟的那张脸挡住了桃花运。

沈迟抬眼,语气淡漠而疏离:"你怎么在这里?"

"和你们一样,团建呗。"宋菲温柔地笑,至于地址为什么一样,那就不言而喻了。不过她倒是想听沈迟问她原因,她希望沈迟知道。

沈迟却不问,只是低着头喝酒,顺便温柔地提醒调酒师,把另一杯酒酒精浓度调低一些。

显然,并不打算给宋菲。

宋菲也不生气,扬起嘴角笑了笑:"我们团建也是一周,我先过去了,待会儿见。"

程荑从卫生间走出来就看到了沈迟面前的宋菲,她等宋菲离开后才走过去。直到她接过调酒师的酒杯,也不见沈迟有任何解释,她郁结地喝酒,不一会儿就把空荡荡的酒杯再次递给调酒师。

沈迟伸手拦住她:"少喝点。"

程荑小声嘟囔:"这时候知道管我了……"

"什么?"

"没什么。"

沈迟哑然失笑,不知她正在生气,只是吩咐调酒师把酒的度数再调低一些,不出意料地得到程荑的瞪视。一直到晚上回房间,程荑都没再理他。

程荑抱着柔软的被子,独占了一整张床。沈迟不知她为何生气,却莫名想起何延所说的话——吃醋?他不信地摇摇头,怎么可能呢,而后走到沙发上躺下。

翌日,事务所的人都各自活动,程荑抱着潜水装备去海边。她已经是第二次来帕岛，上次潜水认识了几个当地人，听说她来后都过来找她。

几个人都是潜水爱好者，年龄同她相仿，彼此寒暄一会儿，便换上了潜水装备。许久没有潜水，大家为了照顾程萸，便浮潜了一会儿才选择了水肺潜水。

海底是另外一个世界，徐徐潜入水中，阳光透过水面折射出明亮的光点，鱼儿游在身侧，甚至能看到成群的珊瑚。

上岸后，程萸随其他人一起躺在沙滩上，斑驳光影在眼前晃动，有女生径直走到程萸身边。

Jane是狂热的中文爱好者，一见到程萸便不爱说英语，她用蹩脚的中文一字一句道："萸，Blake要开一间咖啡馆，我也打算辞职来这里，你想……一起吗？"

Blake是去年程萸学习潜水认识的一个男人，IT行业，年纪轻轻已经当上了主管，没想到他竟然会辞职来帕岛开咖啡馆。

程萸没作思考："不了。"

"为什么？"

程萸眨了眨眼睛："我……结婚了。"

"什么？"Jane十分惊讶，"真的吗？"

程萸点了点头："不过，我可以偶尔来这里。"

Jane孩子似的嘟起嘴，硬是要程萸陪着喝了几杯酒才肯放她回酒店。等程萸抱着装备要返回酒店时，才看到手机上沈迟打来的几个电话。

沙滩旁的椰子树下阴影，她深一脚浅一脚地踩着细软的沙子往回走，看到沈迟坐在酒店外的休息区，闲适地喝着咖啡。他视线看过来，在夏日的傍晚，恰好送来一抹微凉的晚风。

他懒懒地朝她走过来,程荑忽然间就再没有了一丝郁闷。

夏日傍晚,咸湿微凉的海风、斜阳和站在眼前的人,都该是难得的风景,程荑想,她是没有办法不喜欢这样的夏天的。

程荑半长不短的黑发堪堪披在肩膀,她嘴角翘起,笑容微甜,沈迟不受控地揉了一把她的脑袋:"要不要去吹干头发,我们等会儿去吃饭。"

"好。"程荑点头。

吹干头发从酒店房间走出来时,程荑还在笑着,可看到走廊外面对面站着的宋菲和沈迟时,却再也笑不出来。

人的劣根性大概包含总想窥探秘密,程荑只是微微往前,两人的谈话就飘到了耳朵里,她听到了自己的名字。

"我听说,你和程荑的婚姻并不是真的。"

程荑听到沈迟的回应,他手插在裤兜,轻轻"嗯"了一声。

宋菲只当沈迟的婚姻另有隐情,比如沈迟是被母亲逼迫的,她自以为是地开口:"你们婚姻的期限是多久?她那么喜欢你,恐怕到时也舍不得提分开吧?"

沈迟闻言,抬眼看宋菲,他喉结滚动,几个字在唇齿间辗转几遍:"她喜欢我?"

程荑不想再听下去,她回到房间,关上房门后便反锁了。她不知道沈迟说出那几个字时是怎样的心情,却有一种自己的心事被人窥视后未经允许便拿到日光之下晾晒的错觉。

她喜欢他,原本就是类似于飞蛾扑火的心情,希望他知道,又希望他不知道,但无论怎样,绝不想经由别人的嘴巴……

"咚咚——"程荑的思绪被敲门声打断。

"程荛,是我,开开门。"

程荛僵直身体,机械地打开了门。她很担心自己会被沈迟当场处决,很担心听到他说,我们还是分开吧。

"程荛,下楼吃饭了。"可沈迟只是揉了一下她的脑袋,再没说什么。

程荛舒了一口气的同时,又不可避免悲哀地想,自己这段感情的"死刑",什么时候会来呢?

说来也真是巧,聚餐时和宋菲及她公司的同事恰好在同一餐厅,因为是合作方的关系,两队人不可避免地坐在了同一房间。饭局散去,一堆人三三两两地离开。

沈迟被宋菲公司的几个人叫住谈了一会儿工作,程荛站在远处,听到有人笑着问:"宋姐,你和沈总什么关系啊,不会是男女朋友吧?"

程荛顿住,嘴角挂上讥讽的笑,她和沈迟的婚姻还真是假得很,有这么多人都不知道他们的关系。

沈迟的视线投向落单的程荛身上,他微微蹙眉,直截了当地否认后,便径直离开,随程荛一起回了酒店。

事务所的人没让程荛教潜水,程荛却迎来了一个不速之客。宋菲拿着一套专业的潜水设备走过来,想让程荛陪同去潜水。

程荛只以为她要单独对自己说些什么,点了点头便答应了。谁知道直到潜水前宋菲都没说什么其他的,眼看时间差不多,程荛已经打算上浮,却见宋菲的脚胡乱蹬了几下,她被水草绊住了。

宋菲有不少潜水经验,却因为刚才的一绊慌乱了,连带着上浮都受了影响。程荛几乎是半带着宋菲出了水面,等到了沙滩上,她扶着宋菲,只觉得腿软。

远处一行人走过来,瞧见搀扶着的两人状态不对,快步走过去。有人在另一侧扶着宋菲,沈迟蹙眉看着程荑,伸出胳膊正要扶着她,手腕却被宋菲拉住。下一秒,宋菲就倒在了他的怀中,他只得低头接住宋菲滑落下去的身体。

程荑抬头稍微扬起嘴角笑了笑,示意自己没事,便独自一人往酒店走去。到了众人看不见的走廊里,她身体脱力一般靠着墙滑落下去。

这边沈迟的胳膊被宋菲紧紧抓着,他只好先将宋菲送去医院。

走廊里,程荑的手机铃声突然急迫地响起。电话那端母亲声音焦急,她微微蹙眉,手指快速点开手机软件订回国的票,又想起沈迟大概刚送宋菲去医院,转而给 Jane 打电话,让她帮忙送自己去机场。

回到江市已经是夜晚,往常灯火通明的别墅只剩下一隅暖黄灯光,一向厉色的父亲坐在客厅里一脸颓败,姜一淑坐在程伟立身侧,瞧见程荑回来无助地笑了笑。

程伟立先前投资了一个房地产项目,在动工前才发现整块地都是废地,倾注的全部资金都再也收不回。早先程伟立便试图让公司转型,然而大环境下形势不好,公司境遇本就岌岌可危。程伟立格外重视这次投资,不承想遇到这种情况,投出的资金如同开了闸的洪水一般有去无回,一直到今天,走到了无可挽救的地步。

清晨时分,商量了一整夜的三人终于决定不再拯救公司,宣布破产。奋斗了一辈子,努力了一辈子,程伟立和姜一淑像是一下子想开了一样,决定把剩下的时间用来享受生活。

虽然已经破产,但员工的安顿以及后续仍要忙,程荑跟着程伟立一件件处理后续事宜。

隔天,陈桉从父亲那里听说这件事后,便从北城赶了过来。他径直去找了程父询问是否需要帮忙,被拒绝之后,他便代替程荑处理事情。

住了十多年的别墅被新住户买走时,程荑和陈桉从别墅里出来,程荑走到花园的秋千上坐下,笑着说:"这几天辛苦你了。"

陈桉眼圈有些青,他挑挑眉:"没事,这几天你多在家陪程叔,不过我看程叔心态还行。"

"他和姜女士已经打算好好享受生活了。"程荑站起身,看一眼别墅,"我最近应该不会离开了。"

陈桉顿住:"不打算回北城了?"

程荑摇摇头:"还没想好……你知道的,就我和沈迟……我不确定还要不要回去。"

离开帕岛那天,她给沈迟发去了短信,只说自己要回江市一段时间。这几天沈迟打过一次电话,也只是聊了一下父亲公司的事情,便再没有联系。

沿着别墅区前的小路往前走,陈桉声音低沉,夹杂些许笑意:"你不回北城的话,我要不要把公司迁回来?"

程荑闻言猛地回头:"干吗?一个人在北城很无聊?不是还有米璐吗?"

陈桉听到米璐的名字后敛了笑容,他垂下眼,没有再接话。

程伟立买的新房子在市区,三室一厅的小房子带了一个小院,搬家的时候姜一淑特地带上了原先侍弄的花花草草,于是小院里也变得温馨。

翌日,姜一淑正在给花草浇水,程荑洗完脸,懒得擦干脸上的水珠,缓缓走过去。红色的花开得艳丽,她踩了下脚下的鹅卵石:"妈,我过两天回趟北城。"

回趟北城，而不是回北城。

姜一淑放下手上的东西，正色道："还是决定要回来？"

"妈？"程蕙抿了抿唇，"你知道了？"

"你呀！"姜一淑看她一眼，"我是再了解你不过了，你喜欢他我还能看不出来？那沈迟喜欢你吗？"

"我……我不知道。"

"还是要弄明白的，糊涂一会儿可以，可不能一直糊涂。"

小院的栅栏外，陈桉一身休闲装站在那里，扬了扬手。坐在餐桌边，程蕙踢了下陈桉："你怎么来了，你北城的公司业务这么闲？"

陈桉接过姜一淑递过来的粥："姜姨让我过来蹭饭的。"

破产之后，程伟立重拾了下棋钓鱼的爱好，程蕙没心情陪同，陈桉就整天往这里跑。姜一淑看着刚和陈桉斗嘴的程蕙，笑了笑："小蕙，你觉得陈桉怎么样？"

程蕙瞪大了眼："姜女士，你这是做什么？我和陈桉可是再纯洁不过的革命友谊了。"

姜一淑笑了笑，对她的话不予理会，害得她心虚地看了几眼陈桉。她这几日静心想了想，还是决定回趟北城。不管怎样，故事始终要有始有终，更何况还有工作的事情。

程蕙回到北城公寓的时候，沈迟还在事务所。原本是思索着要不要先去找沈迟，在公寓里待了一会儿，她还是去收拾了行李。最后发现，能带走的东西也不过就装了一个行李箱。

等她收拾完行李，回头却看到沈迟正站在门外，她刚才竟没听见开门的声音。

望着房间内收拾完东西后的狼藉，再看看躺在地上的行李箱，程萸心虚地低下头。

沈迟缓步走进她的卧室，程萸竟生出了不少退意。

"家里的事情处理好了吗？需要我帮忙吗？"

程萸还没告诉沈迟具体的情况，只是摇了摇头。她觉得沈迟再开口说一句话，她就会忍不住后悔，索性先开口："沈迟，我想走了。"

沈迟眉目微敛，让程萸分辨不出他的情绪。他一直没说话，让程萸恍惚生出了他不舍得自己的错觉。

程萸深吸一口气："我打算回江市了。之前没告诉你，我父亲公司破产了，我想回家陪他们一段时间，可能就不回来了。"

沈迟"嗯"了声，声音微凉："你的工作呢？"

"我打算晚些去说辞职的事情。"程萸绞了下手指，抿唇道，"沈迟，我们……就这样吧。"

这么普通的一句话，听起来却让人心中生出刺痛感。

沈迟沉声问道："你都已经决定好了？伯父的事情为什么没告诉我？什么时候决定离开的？"

"破产的事情也没什么说的必要，现在已经解决完了。"程萸蹲下去拉上行李箱，"关于离开的事情，因为我们本来也是……所以……"

还是没能把一句话说完整，程萸不想承认，如果沈迟挽留，她也许就不会离开。但沈迟只是点了点头，退出了她的房间，最后一句话是："需要我送你吗？"

"不需要了。"程萸低着头，说出了这句话。

一段路的终点来得如此之快，程萸不知道该如何对梁梅说出真相，最后去大院的时候也只是笑着和她聊聊天,没有说和沈迟分开的事情。她选择躲进壳中,选择自私一次,把问题抛给沈迟。

回到江市后,生活一如从前,除了不再和沈迟共处一室。

生活是平静的海面,没有一丝波澜,唯一一次是姜一淑问起陈桉对于程荑的感情。

院子里的葡萄架下,周围的花香被微风吹到鼻息间,陈桉思考许久,才将这些年小心翼翼的关爱归结为对于妹妹的照顾。

他看着她幸福就好。

陈桉的脸上依旧是一脸玩味的笑容,可语气却郑重,程荑沉默了片刻,最后也笑了笑。

陈桉离开后,程荑看向客厅里往外面探脑袋的"罪魁祸首"姜一淑,摊了摊手:"姜女士,别看了,我和陈桉真的没戏。"

"哦!"姜一淑转身要回卧室,"那你得做好相亲的准备了。"

程荑嘻嘻笑,上前抱住姜一淑的肩膀:"我不要,我决定好好在家陪你们。"

冬季到来之前,程荑又去了北城。不知道是不是也惧怕冷空气,小七在深秋时节彻底离开了。馆长打来电话时只说小七早就病恹恹的,只是却没想到会离开得这么快。

程荑蹲在海豚馆里,望着空空的水面,眼泪抑制不住地落下来,小七的离开,让她的一块小世界也跟着死去。

跟在她之后辞职的季风走过来拍了拍她的肩膀,他在她身边的地上坐下,递给她一张纸巾:"虽然这么安慰你挺没用的,不过你就当小七去了它最想去的地方。"

程荧红着眼睛看季风。

"大海。"季风视线看向前方,"不只是它想去的地方,而是它本来就应该去的地方。大海是它的归宿,它属于那里。"

程荧早听说季风辞职了,便轻轻问道:"你之后打算去哪里?"

"不知道。"季风耸耸肩,"去做喜欢的事情,可能也去追寻大海吧。"

回到江市后,程荧又见到陈桉。

陈桉还是决定先回北城,离开之前同程荧告别。站在程荧家门前,陈桉手边拿着行李:"不用再送了,我要走了,要不要给我个拥抱。"

"那当然。"程荧伸手同他拥抱。

不远处,沈迟穿着黑色的风衣,站在路口望着这边。

陈桉的车呼啸着开远,程荧惊讶于出现在江市的沈迟,手指无意识地攥紧。

沈迟朝程荧走过去,两人站在门口,最后是被买菜回来的姜一淑叫回了家。客厅里,四个人坐在沙发上,没有人先开口说话。

最后是姜一淑和程伟立说要出去散步,又把空间留给两个人。

沈迟久久凝视着程荧,许久才道:"对不起。"

程荧抬头疑惑地看着他。

沈迟自嘲地笑了笑:"当时把你拉进来,还浪费你这么长的时间。"

"不必说对不起。"程荧着急道,后半句却无论如何也说不出口。

不用抱歉,只是因为我喜欢你,所以心甘情愿被浪费。

但是这一句话,又如何能说出口,已经分开的两个人,说再多的话也不过是徒增烦恼,不如就真的一南一北,从此再不相见。

帕岛似乎永远在夏天。

沙滩上有三三两两的人，海岸线一望无际，炙热的阳光毫不留情地洒在皮肤上，程䓍原本白皙的胳膊如今也变了一个色。好在她也不大在乎，权当是健康的表现。

程䓍浮潜上岸，脱下潜水装备后，拂了一把湿漉漉的头发。常年游泳锻炼的身材，腰间没有一丝赘肉，她右手抱着潜水装备往沙滩上走，沙滩上熟悉的人善意地吹了吹口哨。

程䓍回头笑了笑，沿着沙滩往咖啡馆走去。

她已经来帕岛六个月了，闲来无事的时候就在 Blake 咖啡馆里，偶尔兼职做潜水教练，再加上翻译工作，过得倒也清闲。

咖啡馆在沙滩尽头处的小岛屿上，门外坐了不少歇息的人和游客。程䓍推开咖啡馆的门，Jane 走过来递给她一杯酒。

Jane 最近正和隔壁酒吧的调酒师恋爱，爱屋及乌爱上了调酒。程䓍端起酒杯放在桌子上，嘴角一笑："我先去洗个澡。"

她住的房间在咖啡馆二楼，推开窗便有海风吹进来。窗帘旁挂着的贝壳互相碰撞，有清脆的响声。洗完澡走出来，她赤脚坐在地毯上，把包裹着头发的白色毛巾扯下来，歪着脑袋吹干头发。

从楼梯上走下来，Jane 拿过桌面上的拍立得给程䓍拍了一张照片。她的头发长长不少，浓密柔顺的黑发披在肩上，显得眼眸更加清澈，浅绿色的短吊带裙，显得身材窈窕。Jane 搂住她的脖子赞叹道："你们东方女人真的很有魅力,你一定很受人喜欢。"

程荑笑了笑,端起酒杯喝了一口,而后一言难尽地看着Jane。Jane观察她的脸色,才发觉不对劲,夺过酒杯喝了一口,而后大笑着说了声抱歉。

"这样吧,晚上我们去酒吧,我让达林给你调酒喝。"

达林是法国人,被Jane起了一个中文名字。程荑的潜水教学都是基础的,她刚结束一队学员的潜水教学,便被Jane拉了过去。

夜晚的酒吧也不吵闹,大多是安静听音乐的人。Jane一走进去就趴在吧台上,手肘撑着下巴,双眼亮晶晶地望着达林,达林调了两杯酒分别放在两人面前。

程荑望着快要扑到达林身上的Jane,忍不住捧着酒杯笑了出来。她中途去了一趟洗手间,刚从洗手间走出来就被Jane拽着胳膊。

"荑,刚才来了一个很帅气的亚洲人。"Jane声音很大,"真的很帅气,我觉得和你好配。"

Jane热衷于给程荑拉红线,岛上帅气的年轻人都已经被她介绍了个遍。程荑哭笑不得:"拜托,我又不认识。"

"那你上去搭讪……不就认识了吗?"Jane不以为然,"我已经看到好几个女士过去搭讪了,你要先下手为强。"

程荑不得不佩服Jane的中文能力,她坐回吧台不为所动,直到被Jane晃了晃胳膊:"荑,他来了。"

程荑正在慢悠悠喝酒,闻言懒懒地抬头看一眼,顿时被呛住了。后背被一只宽大的手掌轻轻拍了拍,程荑满脸通红地回头,沈迟微微勾起嘴角站在她身后。

他身后还有几个人,明显是和他同行的,此刻看到一向清冷的沈迟走到一位美女面前，都饶有兴致地看过来。

分开六个月的时间，沈迟并没有什么变化，反倒是程荑，眉眼间更张扬了一些。她坐在吧台旁和好友说笑，嘴角的笑意怎么都不散。

夜晚的沙滩披上月光，海面上波光粼粼，程荑伸手把被吹乱的头发拢至耳后，掩饰自己的不自在。她听见自己的声音，还好没有颤抖：“你什么时候来这里的？”

"今天。"沈迟说，"过来开会。"

"哦。"程荑不说话了。

和沈迟一同来开会的几个人就要散去，有人同沈迟招手："一起回去吗？"

沈迟看了看程荑："不了，你们先回去吧。"

程荑愣了愣："你不和他们一起走？"

沈迟挑挑眉："先送你回去。"

站在酒吧门口，程荑问沈迟："你住在哪里？"

沈迟说了一个酒店的名字，是在帕岛的另一端。回去的路上，两人一路无言。

接下来几天，程荑为了赶一个翻译书稿，几乎没怎么出门，只是从Jane口中零碎地得知了一些沈迟的消息。

"那个帅气的男人真是太高冷了。"

"这三天大概有二十个女人去搭讪，但是都'凯旋'了。"

程荑放下手中的笔，一脸好笑地纠正："不是凯旋，如果是他拒绝搭讪的话，那些女孩应该是败兴而回。"

看来她有做汉语老师的潜力，程荑好笑地想。

Jane一副受教的样子，匆匆跑下楼。过一会儿，房门又被敲响，程荑无奈地打开门:"说吧,准备分享什么惊天地泣鬼神的八卦。"

"你在说什么天地……鬼,难道是中国最近流行的词语吗?"

Jane 说完一脸兴奋道:"别管鬼神了,我想和你说,那个帅气的男人来了楼下咖啡馆,刚点了一杯咖啡,并且……"

"并且什么?"

"并且,他提了你的名字,问你在不在这里。"Jane 挤进她的房间,"我还没问你,你们是什么惊天地泣鬼神的关系?"

程荑很想告诉她,这句话不是这么用的,但是眼下更关键的是,沈迟就在楼下。程荑将 Jane 推出房间,看着自己乱糟糟的头发和宽松 T 恤皱了皱眉。

收拾了一番后,程荑下楼,Jane 刚做好咖啡放在沈迟面前的桌子上,夸张地喊:"荑,你这条裙子好漂亮!"

"……"

沈迟闻言看过来。

她现在回去换回邋遢的 T 恤可以吗?

程荑走去收银台前,要了一杯咖啡,顺便警告 Jane 不要再多说话。Jane 乖乖地伸手做了一个封口的动作。

沈迟见她走过来,端起咖啡喝了一口:"今天开完会了,知道你在这里,就来看看。"

程荑坐在他对面,仍旧不知道要说什么,想起他来帕岛就是为了开会,便问道:"那你是不是要走了?"

沈迟看她一眼:"明天。"

第二天下午，程萸正在潜水，恰好碰到先前的学员，她便悉心教了一会儿。等到学员离开，独自浮潜时，她却觉得没来由地烦躁起来。

不，是有来由的，她再清楚不过原因是什么。

程萸游上岸，回到咖啡馆洗完澡，看了一眼手表。

Jane总觉得程萸和沈迟之间有不可告人的关系，因此在看到沈迟的时候，她快速给程萸打来了电话："萸，那个帅气的男人要走了，我看到他们回酒店了。你要不要去送别呀？"

程萸挂断电话，拿起咖啡馆钥匙，跑出了门。

赶到酒店门外时，一辆车刚刚离开，程萸盯着远去的车，轻轻喘着气，失落地垂下脑袋。

身旁有脚步声，程萸下意识地抬头，就看到沈迟站在自己面前。

程萸愣了愣："你还没走？"

"他们走了。"沈迟道。

"那你呢？"

"你来做什么？"沈迟微微笑道。

"我……"眼下四周只剩下他们两个人，程萸找不到其他借口，索性不说话。

"程萸，我最近不会离开了。"沈迟双手插兜，姿态闲适，偏偏说出口的话像是石头砸在海面上，激起一圈又一圈的涟漪。

"你还有工作吗？"程萸心底猜测出几个答案，只拣出来最可能的答案问他。

一辆车开过来，沈迟伸手拉过程萸，护在自己身旁。他慢悠悠道："程萸，我是来找你的。"

直到回到咖啡馆,坐在窗前发呆了半小时,程蓂也没想明白沈迟那句话是什么意思。或者说,她不太相信,只好拨电话给米璐。

"你说他什么意思啊?"程蓂趴在桌子上,望着窗外蓝色的大海。

电话那端米璐嘶一声,才轻声说:"你希望是什么意思?"

"重点不是我希望是什么意思。"程蓂撇撇嘴,"主要是他这句话太令人浮想联翩了吧。我很难不多想啊!"

"你不是都下定决心忘记他了吗?为了这个,还专门跑太了帕岛。"米璐毫不留情,"怎么现在沈迟一句话,就撩动你春心啦!"

"这不才六个月吗?哪儿这么容易忘记……"

程蓂正说着,突然听到米璐那端依稀传来的男人的声音,她愣了愣:"喂,你什么情况,是不是背着我金屋藏男人了?"

"我先挂了!"

没等程蓂阻止,米璐就挂断了电话。程蓂拿着手机,想起了米璐衣柜里的那件衬衫,拿起手机狠狠敲了几个字:"好啊!米璐!你!竟然!偷偷恋爱了!我命令你三天之内和我讲清楚!"

米璐很快就回了消息:"乖!三个月之内绝对和你说。"

米璐收起手机,身上还披着酒店的睡袍,她站起身,看着倚着房间门框的陈桉。他身上是和她一样的睡袍,裸露的脖颈有点点红痕。

陈桉目光深沉,盯着米璐,依稀想起昨晚发生的事情。昨晚他心情不太好,工作应酬完毕便在包厢多留了一会儿。后来就遇到了米璐,两个喝得糊涂的成年人搀扶着去了同一个酒店房间,发生了什么不言而喻。

以前三个人一起出去玩,他很少和米璐聊天,可现在……陈桉掐了掐眉心,正要说什么,米璐伸手拦住了他:"不用说什么,我等会儿还要去上班,就当昨晚什么也没发生吧。"

陈桉眉头拧得更紧,米璐问:"不过你能不能让你助理送两件衣服过来?"

陈桉点点头。

米璐往浴室走,不料腿突然软了一下。身后陈桉伸出手扶住了她,瞥见她耳后的一抹红,忍不住低咳出声。

米璐再从浴室出来的时候,新衣服已经放在床头,她快速换上衣服,捞起包往外走。套房的客厅里,陈桉西装革履地坐在沙发上。

米璐脚步踉跄一下,又快步走出去:"你怎么还没走?我要去上班了。"

陈桉跟在她身后:"我送你去公司。"

米璐扶着门把:"这算是售后服务?"

她假装不在意,想掩饰自己的在意,偏偏陈桉不接她的话,只是耸耸肩说道:"顺路。"

车在米璐公司楼下停下,陈桉降下车窗,望着米璐,似乎要说什么。米璐头也没回,只是摆摆手:"我走了。"

陈桉掐了掐眉心,半晌后开车离开。一层电梯外的走廊里,米璐静静地站在那里,在车子离开之后才往电梯里走去。

帕岛气温适宜,眼见游客越来越多,程荑也越来越繁忙,除了潜水,她还在咖啡馆帮忙。这里人人都很悠闲,经常在咖啡馆一坐一天,程荑也学会了做咖啡和甜点。

她总是在咖啡馆见到沈迟。

沈迟说过的那句话,程荑没去问是什么意思,她的心一团糟,不想再被他打乱思绪，却奈何不了经常出现的沈迟。

程荑站在收银台后面，端着调好的咖啡走过去放在沈迟面前，打算离开时，沈迟叫住了她。好在只是随意聊天，程荑莫名松一口气。

Blake 选的咖啡馆位置优越，两人一同看向窗外。程荑忍不住问："你的事务所现在不做了？"

后来程荑发现沈迟并不是不工作，他偶尔会在咖啡馆拿电脑办公，或者打视频电话，再者就是画图纸，其他时间则更像是度假状态。

有次 Blake 想让他帮忙设计咖啡馆外面的休息区，他竟然也欣然应允。于是 Jane 每天大概会问她好多遍："那个帅气的男人是不是在追你？"

程荑抓了下脑袋，她也不知道沈迟最近是在做什么，看着沈迟悠闲的模样，她又不好问什么。

有几天程荑跟着 Blake 去采购材料，回来的时候 Jane 一脸八卦地告诉她，沈迟也有好几天没出现在咖啡馆。程荑把材料从车上搬下来，听着 Jane 在身后滔滔不绝。

帕岛最近大幅度降温，时不时降雨，窗外豆大的雨点砸在玻璃上，程荑心神不宁，她翻了翻手机，拨了躺在通讯录很久的名字，却被告知无人接听。

一旦到了下雨天，咖啡馆就很少有顾客。傍晚过后，Jane 起身要关上咖啡馆的门，程荑突然捞起一件外套，拿过角落里的伞，往外面走。

"你要去哪里？"

"我出去看看，晚点回来。"程荑裹紧外套，往沈迟的酒店走去。

酒店前台自然不愿意泄露客人信息，程荑坐在酒店大厅里等待许久，看到沈迟从雨幕中走进来。

他撑着一把酒店的伞，身上还穿着短袖，手上拎着塑料袋。等他走近，程荑才看清透明塑料袋里装了几盒药。

沈迟把伞放回大厅角落的搁置处，抬眼看到程荑后朝她走过去。

"来找我的？"

程荑站起身，感觉他应该只是小病，于是拿起外套说道："嗯……Jane说你好几天没去咖啡馆，我来看看，没事的话，我就先走了。"

擦肩而过的时候，沈迟抓住了她的手腕。程荑感受着比以前更炙热的手心，确定沈迟大概是发烧了。

沈迟垂眸看她："来都来了，要不要去我房间坐坐？"

有人说，中国人有四句致命的话："来都来了""大过年的""孩子还小""都不容易"。

程荑此刻就被第一句话征服了。

沈迟拿着房卡打开门，把塑料袋扔在桌子上，走过去给她倒了一杯水。

客厅的沙发上还有开着的电脑。程荑指了指药盒："你不吃药？"

感冒和发烧是突如其来的，那晚开电话会议开得有些晚，半夜下了雨，又忘记关窗户，第二天醒来的时候，他脑袋就昏昏沉沉。

"嗯，马上就吃。"沈迟走过去打开药盒，拿出来几粒药吞下去，又坐回沙发上。

程荑看他穿着一件短袖，忍不住说："下雨的时候温度低，你还是穿一件外套比较好。"

感冒后，沈迟嗓子有些沙哑，他问："你今晚过来，是不是担心我？"

"……"

沈迟勾起嘴角，微微笑道："还是只是因为你朋友的话才来看一眼，担心丢掉一个顾客？"

咄咄逼人。

可他明明在生病，加上现在懒洋洋的样子，实在和这四个字毫无关联。

程荑避而不答。

沈迟没得到回应，也不恼，自顾自解释："这几天有些忙，在处理事务所的邮件，忙完了就去咖啡馆。"

"不用。"程荑小声说，"你感冒好了再说吧。"

窗外雨水淋漓，程荑也不知道自己干吗要坐在这里，和如今已经没有关系的沈迟聊天。最近的一切都很莫名其妙。

她起身："既然你没事，我就先走了，时间也挺晚了。"

手腕再次被沈迟抓住，她听见沈迟的声音："如果我有事呢？你听听我的声音，像是没事的样子吗？身为我在这里唯一的朋友，你打算对我这个病人置之不理吗？"

……

这人在说什么？

这种傲娇的话语，确定是沈迟说出的吗？

程荑唯一能想到的解释便是——沈迟烧糊涂了，所以她也紧跟着像烧糊涂了一样，伸手摸上了沈迟的额头。

嗯，温度是比较高。

她收回手。

窗外雨声越来越大，这边到咖啡馆的距离不近，沈迟悠悠道："外面雨也这么大，今晚就别回去了。"

程荑咬咬唇，听见沈迟说："你睡卧室，我睡沙发。"

她突然后悔几分钟前做的"上来坐坐"的决定，可是雨的确很大，不好回去了。她在雨滴砸在窗户的声音中，感受到周围萦绕着沈迟的气息。

程荑不免有些慌乱，忽然道："那我先去睡觉了。"

来酒店时身上淋了不少雨，程荑走去浴室洗漱，沈迟提前将干净的睡袍递给她。程荑关上浴室门，拧开了热水，一通热水淋在身上，寒意褪去了一些。

没承想，洗澡洗到一半，热水却没了。程荑强撑着用凉水冲了一下，没一会儿，却打了个喷嚏。

她关上淋浴，搓了下头发上的泡沫，叫了叫沈迟的名字。沈迟听到，站在门外，敲了敲门，程荑闷声说："没有热水了。"

沈迟转身离开，程荑依稀听到打电话的声音。几分钟后，他再次敲了敲浴室门："有热水了。"

程荑从浴室里出去，坐在床上擦干自己的头，鼻子痒痒的，不一会儿又接连打了三个喷嚏。她缩在被窝里，悲催地想——自己也要感冒了。

她好久没生过病，感冒来得也更猛了一些，第二天早晨她迷迷糊糊睁开眼，不只是脑袋昏沉，连四肢都酸痛。

程荑踩着拖鞋照镜子，脸色苍白，双眼却通红。

沈迟叫程荑吃早餐时，便看到她靠在床上，正拿着纸巾擦鼻涕，鼻尖通红，看起来格外可怜。

睡在沙发上的沈迟一夜过后看起来却神清气爽，明显已经退烧。程荑挣扎着要先回咖啡馆，沈迟让客服送来清淡的早餐，只说让她下午再走。

程荑睡在房间里，沈迟就拿过电脑在一旁办公。房间里安静得只剩下键盘声，程荑在微弱的声音中渐渐沉沉睡。

感觉到额头上覆上一只手掌时,程茑猛地睁开眼,坐起身声音沙哑地问:"几点了?"

"四点。"

她睡了快一整天,已经舒服很多,没有理由再留下来。程茑站在房门外和沈迟告别,沈迟一直看着她,在她要转身的时候道:"你还没回答我的问题。"为什么而来的问题。

"昨天有些担心你。"程茑垂下眼,实话实说,"我先回去了。"

"程茑,你喜欢我吗?"

下一秒,沈迟抱住了程茑。

程茑瞪大了双眼,感觉到温热的唇覆在自己的唇上,沈迟将她搂得更紧。

她费力地将沈迟推开,喘着气问:"沈迟,你什么意思?"

沈迟没有松开她的手,认真道:"这次过来,我是为了你。"

"所以呢?"程茑不敢随意猜测,甚至低下了头。

"我喜欢你。"

四个字终于被说出口,沈迟缓缓松了一口气,原来将这句话说出口并不是这么难。

只是他没想到程茑会一声不吭,转头就走。

他在来之前知晓了程茑的心意。梁梅去山上还愿,无意间提起旁边的爱情桥。他无事路过,随意地看了看,却看见了两个名字——沈迟&程茑。

六个月前,程茑所说的离开,他只是以为她终于想要自由,不愿意被承诺困住,于是提出离开。那时他虽知道程茑在自己心中终是不同的,可也不愿再把她困在身边。

可是现在,他知晓了她的心意,又怎能无动于衷。

他兀自笑了笑,抹了抹唇。不急,反正还有很多时间。

在这之后,沈迟仍然每天去咖啡馆,Jane 依然每天通报给程荑。

程荑无奈地说:"Jane,以后沈迟过来,你不必告诉我的。"

Jane 直接走过去,揽住她的肩膀:"我很好奇,你为什么不答应沈迟的追求?"

"追求?"程荑咳了一声,"你哪只眼睛看到沈迟在追求我?"

"哪只眼睛?"Jane 撇撇嘴,"我两只眼睛都看到了好不好,他每天都来咖啡馆,而且还经常带你最喜欢喝的酒和很多中国的食物,真的很好吃。"

程荑无奈地说:"他只是每天来咖啡馆工作而已,你别想太多……"

Jane 扶着门,拍了下脑袋:"我知道了,你是不是觉得他追求你的行为不够热烈啊,所以你不想同意呀?"

不是一国人,沟通起来果然不太方便。

程荑走过去关上了门,她站在二楼往楼下看了一眼。并非是其他原因,她只是……不相信沈迟所说的话。

"我喜欢你",如果他心里还有别人,那这句话又是为了什么呢。

不知 Jane 下楼和沈迟说了什么,傍晚的时候程荑收到沈迟的短信,邀请她一起吃饭。程荑只说是要夜潜,婉拒了沈迟的邀请。

夜潜是看过未来一周的天气后,早就定好的,Jane 也在其中。夜潜自然有与白天不一样的好处,这个时候人仿佛更像是一个深海里的生物。

夜潜后一行人兴冲冲地在海滩上烧烤,程荑和 Jane 坐在沙滩上,想要去帮忙,又被赶回去休息。可爱的法国男孩说烧烤产生的烟对女生的皮肤不好,于是女生们都在惬意地休息。

程荽躺在沙滩上,枕着胳膊看向星空。这些日子里,她确实感到自由。小七离开后,季风的话一直在提醒她,后来见父亲和母亲都没什么大碍,她便提起要来帕岛的事。

再次来到帕岛时,她才真正明白季风说的话。

如果向往自由,就应该去看海。蓝色的、静谧的、一望无垠的海洋,海岸线以外,有着更大的自由。

她以为在这里,自己会慢慢忘掉一切,可偏偏沈迟再次出现。

听见周围有声音,抬头时发现一旁的 Jane 早已离开,站在旁边的是沈迟,她慌忙起身,听见沈迟说:"我们聊聊。"

聊什么?是聊那句"我喜欢你",还是……

"你之前来这里,真的是开会吗?"程荽拎着鞋子,踩在沙滩上。

沈迟淡淡道:"为什么来的,之前已经告诉你了。还有,那天在酒店里对你说的话,都是真的。"

他的语气如此坚定,让程荽心里的各种猜测无处遁形。

半响,程荽也只是嘟囔道:"为什么?"

为什么会来帕岛?为什么来找自己?

"为什么现在会喜欢我?"

月光下,她的声音微弱,似乎连若有似无的海浪声都比她的声音更大。沈迟转过身:"不是现在,是在你离开之前,我就已经喜欢你了。"

程荽抬头看向他,似在辨别这句话的真假。

她那时沉溺在自己的喜欢里,看不见他对自己的不同,看不见一贯清冷的他对她的温柔。

程荑站在原地不再走动,她望向夜晚的海:"那你现在来这里,是想要做什么?"

沈迟勾唇笑了笑:"想带你回去,如果你不想回去,我就和你留在这里。"

他的话太突然,以至于落在程荑耳边,她却觉得完全没有实感,轻飘飘的一句话,感觉下一秒就要被风吹走。

程荑心里很乱,做不出其他回应,只是换了个话题问:"你怎么知道我在这里?"

"我去找了米璐,她告诉我的。"

"米璐就直接告诉你了?"

"她未来房子的设计交给我了。"

这个米璐……

"你呢,你是喜欢我的,对吗?"

"我……我还有事!先回去了!"

程荑逃也似的奔回咖啡馆,直接拨了米璐的电话:"是你告诉沈迟我在这里的?"

"鉴于他早晚会找到你,我就做了一个顺水人情,虽然小小地坑了沈迟一下。"米璐从病房里走出去,"你还以为这是几十年前,玩个失踪就再也不会被找到的那种?拜托,现在可是21世纪,想找到你还不简单啊!不过沈迟真找你啦?他是好久之前问我的,现在才去找你?"

"嗯,他之前在交接事务所的工作。"

"啧啧。"米璐笑着说,"我就知道你不可能真的离开他,他是不是对你告白啦？让我想想沈迟会怎么告白，不会就干巴巴地说'我喜欢你'吧？"

虽然不想承认，但确实……好像……是这样的。

程萸敏锐地察觉到米璐似乎做了什么，她问："你是不是说了什么？"

"我好像不小心说了……你为爱奔赴 A 大的事情。"米璐小声说。

"你……要死了！"程萸瘫倒在床上，"所以沈迟才问我喜不喜欢他。啊，米璐我恨你。"

"你以为我不说，沈迟就不知道吗？我怎么觉得，只有你自己觉得，把喜欢隐藏得挺好呢？"米璐浇了一盆凉水，跨越几千公里的距离，落在她的心上。

程萸："……"

"你怎么想的？"米璐问。

"不知道。"

电话那边有护士正在叫米璐，她回头应了一声。

程萸坐直身体，担忧地问："你生病了？"

"没有。"米璐往回走，她想了想，还是说道，"是陈桉。"

"他怎么了？"

"胃病，我昨天来医院看望同事时碰巧看到了他。护士在叫我，我先过去，等会儿再给你打电话。"米璐挂断电话，推开了病房门。

确实是偶遇的，昨天米璐去看望同事，恰好看到同病房的陈桉。两个人住院的方式都很一致，同事是喝酒过多导致胃病复发，陈桉原因也差不多，肠胃炎需要住院几天。

同事今天出院，米璐开车接她。把同事送到家门口，米璐发动车子要走，被同事拦住："怎么就走了，等我一下，我回去换件衣服请你吃饭。"

米璐笑了笑："你胃病刚好，还是老老实实在家喝粥吧。我先走了。"

米璐没有开车回公寓，转了一个弯去了一家粥店。这家粥店是北城最好喝的粥店，她把打包好的粥放在副驾驶座上，开车又去了医院。

医院住院部最近床位紧缺，陈桉被推到了双人病房，可他还要处理工作，便让朋友安排了一个单人病房，正收拾东西时，房门被推开。

米璐举了举手上打包的粥和清淡的食物："路过一家粥店，顺便给你买了吃的。"

陈桉看她一眼，愣了愣："谢了。"

米璐还站在门外："你这是要做什么？"

"去楼上。"

米璐好人做到底，顺便把食物也带到了楼上的病房。陈桉简单吃了点后，就开始拿起笔记本电脑工作。

米璐想起护士的叮嘱，觉得陈桉大概也没将注意事项放在心上，于是说："护士说让你这两天好好休息，不要这么拼命工作。"

陈桉抬头，盯着她看了一会儿，手上倒真的不再有动作，把电脑也放在了一边。米璐没想到他真的听了自己的话，也不知道说什么了，两人大眼瞪小眼。

直到米璐的手机上出现一条短信，程荑后知后觉地反应过来，用上了几个感叹号。

"你该不会是和陈桉……在一起了吧！"

陈桉在想米璐为什么会来给他送饭，却不料看到一向大大咧咧的女孩脸上突然泛起了红晕，他挑了挑眉。

程萸继续惊叹："陈桉！你都不告诉我！"

米璐只回复："没。"

她原本也没打算久留，被程萸这么一闹，起身准备离开。突然听见陈桉在背后叫她的名字，她脚步一顿。

"晚上，你帮我带个饭？"

用的是询问的语气，米璐转身点了点头，才踩着高跟鞋离开病房。病房内，陈桉摸了摸下巴，在以前，他并不怎么留意米璐，可是最近，她经常会出现在脑海里。

他时不时地想起米璐，可米璐倒把关系摘了个干净，过了那一晚真的没有再联系他，即便是偶尔在应酬场合见到也不理会他。

陈桉摸了摸鼻子，手里把玩着手机，搜了一下粥店的名字，才发现粥店离医院并不近。到了傍晚，米璐依旧是带着晚饭出现了，她送完晚饭就要走。

陈桉盯着她的背影，好笑地问："我有这么讨人嫌吗？"

要是讨人嫌的话，根本不会有人为了他绕半个城市买晚餐好吗？她不过是害怕自己对于陈桉的企图太明显，被看穿而已。

米璐拂了一把头发，听完陈桉的话回头坐在了沙发上。反正在哪里加班都一样，陈桉这间单人病房的条件也不比公寓的条件差。

米璐今天只化了淡妆，没有了烈焰红唇和骇人的高跟鞋，再加上虚虚拢住的头发，看上去还有些娇小可爱。

她感觉到陈桉的视线，不自在地碰了碰脸颊："我脸上有什么东西吗？"

陈桉摇了摇头，勾唇笑了笑："没有。"

帕岛旅游业进入旺季，各家酒店经常处于爆满状态，程荑更是忙得不行。等她好不容易结束一个课程的潜水教学后，发现自己已经有几天没见过沈迟了。

她不否认自己有意在躲着沈迟。她也搞不明白自己为什么在梦寐以求的结果面前反而败下阵来，瑟缩着不敢面对。大概是因为盼这喜欢盼得太久，现在得到了反而让她更加紧张和不知所措。

沙滩上有一个小孩正在用沙子堆城堡，时不时甜甜地笑出声，丝毫没有大人世界的烦恼。

程荑惆怅地想着，干脆也玩起了沙子。突然间，身边蹲下一个人，一看，正是本该在咖啡馆忙碌的Blake，她吃惊地问："你怎么在这里？"

事实上，和他们用中文交流是Blake和Jane一致要求的，Jane自小便喜欢中国文化，而Blake却是被老干妈征服了味觉，从而唤醒了热爱中华文化的灵魂。

然而Blake中文说得磕磕绊绊，为了表达顺利，这时他用英文说道："The weather is fine today, so I don't want to open.（今天天气很好，所以我不想开门。）"

丢掉高薪工作来帕岛开咖啡馆的人还真是任性，程荑闻言停下手中的动作，忍不住竖起了大拇指。Blake来这里开咖啡馆比她来的时间更久，每天随性营业，就连咖啡也是随心做，咖啡品种随心而定。

人人都有猎奇心理，顾客也爱惨了他的这股儿劲，咖啡馆就变成了帕岛生意最好的一家店。毕竟二话不说就关上门翻开"今日不营业"的牌子只为了来到沙滩上晒太阳的人，也只有他了。

程荑听Jane说起过，他前些年的目标只有赚钱，由此二十七岁就有了全球排名靠前的上市公司高管的职位,却在一年前毅然决然地丢下工作,选择来帕岛开咖啡馆。

程荑终于找到机会问:"你为什么会来帕岛开咖啡馆?"

"No reason.I like it,so I am here.(没有理由。我喜欢它,所以我在这里。)"

"So simple?(如此简单?)"

Blake掀开帽子,一本正经道:"Just like the Chinese: 光阴似箭。我想,我应该珍惜时间,必须把时间……使用在……喜欢的事情上,不能等到老年,才不后悔。"

程荑听着Blake又说起蹩脚的中文,抱着双膝,手指摸着沙子,忽地起身去拿自己丢在一旁的手机,转身要离开。Blake问道:"你要,做什么?"

程荑手指在打字,轻声说:"像你说的那样啊,打算把时间用在喜欢的人身上。"

Blake差不多听明白了,也抬手竖起了大拇指。

程荑回了咖啡馆,空无一人的咖啡馆外,沈迟闲适地坐在平整的石块上,身后是蓝色海洋,涌过来的海水冲到他脚下的石块上。看着这一幕,程荑忽然就更坚定不要浪费时间,哪怕一分一秒也不愿意再浪费。

人生苦短,她只想走到喜欢的人身边。

海风温柔,温柔得让她有些想哭,以至于她的声音听上去有些委屈:"沈迟,你真的喜欢我吗?"

哪怕不是很喜欢,哪怕只是一点点喜欢。

她听到沈迟的回应,和风一起来到耳边——

"是,比你想象中的还要更喜欢你一些。"

前一晚赶翻译稿赶到深夜,早晨的程荑睡眼惺忪,去楼下给自己做了一杯咖啡,懒懒地倚着收银台。

咖啡馆的门被打开,沈迟推门走进来,手边拎着他的行李箱。

程荑咽下一口咖啡,顿时清醒了,她愣愣地问:"你要走了?"

Blake 紧跟着推门进来:"哦,他是要住在我们这里。"

咖啡馆二楼是还有空房间,可是沈迟抛下舒适的酒店套房不住跑来这里,是不是有点……咳咳,刻意了……

沈迟将行李箱搬到二楼,面对程荑的质疑,一本正经地说:"没钱了,住不起昂贵的酒店。"

行吧,程荑撇撇嘴。

见状,沈迟双手落在她肩膀上,让她与自己面对面:"其实是想离你近一些,这才是真正的原因。"

咳咳,这个高岭之花到底从哪里学来的情话啊?

程荑早晨醒来只是简单洗漱过,头发还乱糟糟的,前面一撮头发翘起来,沈迟无声地笑了笑,揉了一把她的头发。

沈迟去房间放行李,程荑走下楼站在 Blake 面前:"我看起来有什么异样吗?"

"你没睡醒。还有,眼角有眼屎……"Blake 扫了一眼她的脸,淡淡地说。

程荑抓了下头发,正要找镜子,就听到 Blake 又慢悠悠地说:"假的。不过，你可以……收起脸上，荡漾的笑容了。"

"……"

Jane更直接，一双大眼睛盯着她："你是不是和那个帅气的男人，对，他叫沈迟，你们是不是恋爱了？"

程荑害羞，没有正面回答。沈迟从二楼走下来，修长手指扶着木质扶手，他轻轻扬眉："是，她现在是我的女朋友了。"

"哦！哦！"Blake和Jane齐声发出惊呼。

米璐听说两人的事情时，一副了然的样子："虽然我早就觉得你们会在一起，但是既然你都特地打电话来了，那我就勉为其难地祝福一下你吧。祝你们早日牵手、拥抱、接吻，然后幸福地生活在一起。"

程荑拍了一下床："你不要以为你这样，我就会原谅你不和我分享你的八卦的事情。"

米璐自知逃不过："说吧，你想知道什么，我一定知无不言，言无不尽。"

"那……你和陈桉……什么情况呀？"

"什么情况也没有，再说，陈桉应该是喜欢你吧。"

"停。"程荑立刻打断她，"我和陈桉就是发小，而且他就是一标准直男，完全是拿我当妹妹，我和他都说清楚了。"

米璐没说话，程荑怕她多想："真的，他的恋爱神经其实挺不发达的。网上不是有人说吗，有时候男人这个物种真的不知道自己喜欢什么样的，眼前是什么人，就会喜欢什么人了。你在他面前多晃晃，就凭你的魅力，还怕拿不下陈桉啊。"

米璐手机上跳出来一条信息，是陈桉发来的："在你公司楼下，出来请你吃饭。"

米璐笑了笑:"行了,我去征服直男了,争取早日加入情侣行列。"

"嘿嘿,对啊,那种甜甜的恋爱,谁不想早点儿拥有呢!"

米璐冷漠地"哦"一声:"我要挂电话了,你确定不要再说些什么?"

"好吧,我的本意是为了祝你生日快乐的。"程蒴说,"生日礼物已经买给你了,现在大概快到你家门口了,生日快乐!"

公司楼下,陈桉调出导航,正要发动汽车。

"想吃什么?"

"去我家吧,今天突然想做菜了。"

陈桉看她一眼,手拿开,让米璐定好了导航。

两人在小区附近的超市门口停下,米璐本打算让陈桉在车里等着,谁知道陈桉跟着走了下来。

免费的苦力不用白不用,米璐心安理得地把东西一股脑儿塞进购物车里。陈桉似乎是看透了她的恶趣味,推着购物车闲适地跟在她身后。

米璐已经好久没有下厨,一回来就钻进了厨房忙活。她低头洗菜,头发垂在耳边,正准备擦干手把头发扎起来时,身后的陈桉伸出手,拿过了黑色的发带,手指抓起她的头发。

米璐脖子僵了一下,回过头调侃:"怎么这么不熟练啊?"

"第一次,难免不熟练。"陈桉笑了笑。

公寓门铃响起,他走过去开门,送货的小女孩把包装亮眼的首饰盒和一大束玫瑰塞在他手上:"麻烦签收。"

陈桉关上房门,抱着一大束香槟玫瑰,把首饰盒放在桌子上,玫瑰上的卡片掉落在桌子上,几个字出现在眼前:"生日快乐,祝你得偿所愿,早日睡到喜欢的男人。"

陈桉摸了下脑袋,走到厨房门口:"今天你生日?"

米璐将做好的一道菜端到餐桌上,出来看到程荑送来的玫瑰花以及卡片。她看着卡片上的内容笑了笑,又走进了厨房。

许久没做饭,也不见生疏,米璐觉得自己做的饭还不错,拿起手机拍了几张照片。陈桉坐在她对面:"有什么想要的吗?我送你生日礼物。"

米璐摇摇头,没说话。

"想要的不会就是程荑写在卡片上的吧?"陈桉放下碗筷。

米璐同样没说话,她总不能说这个男人就近在眼前吧,所以她索性闭嘴。陈桉站起身笑着说:"走吧,带你去买礼物。"

米璐把碗筷丢进洗碗机,说:"不用,我想要的自己可以买。"

此时她穿着拖鞋,身高比平时矮了一些,需要抬起头才能和陈桉对视,表情满不在乎。米璐转身往客厅走,她打算好好泡个澡,然后睡一觉,看到重新坐回沙发上的陈桉时,不解地问:"我一会儿打算睡觉了,你现在走吗?"

陈桉眯了眯眼睛,房间内灯光昏暗,好像在营造气氛,他站起身上前几步:"如果我今晚不离开呢?"

米璐原本打算平静地度过生日这一天,吃自己做的饭,然后好好睡一觉。可现在她觉得,再多一个人也无所谓,更何况是眼前的人。

米璐笑道:"好啊,那你就不要离开了。"

夜晚的海滩上,程荑对沈迟提起米璐和陈桉的事情,她歪了歪脑袋:"我以前竟然都没发现米璐喜欢陈桉。"

沈迟对此不置可否，他对陈桉没有太多印象。

程荑看向他："你怎么不说话？"

沈迟笑着说："想让我说什么？"

程荑撇撇嘴，其实也没指望他能说什么。没一会儿，她感觉到沈迟伸手揽住了自己。她靠着沈迟的肩膀，夏风很凉，他的手很热，什么都不说，已经十分美好。

帕岛的日子很舒服，舒服到几乎让人感觉不到时间的流逝。这半年姜一淑和程伟立也一直在国外旅游，补上了因为前些年的忙碌而错失的光阴。

姜一淑打算半个月后来帕岛。

沈迟听说之后给两人订了一周的酒店，程荑凑过去看他的手机屏幕："不是说没钱吗？"

沈迟好笑地看她一眼，揉了揉她的脑袋。程荑皱着眉头："不过我妈还不知道你在这里……也不知道我们……"

"我们怎么了？"沈迟懒懒地抬眼问道。

程荑抿了抿嘴唇："没什么。"

说完程荑就被沈迟拉住了，沈迟笑了笑，正色道："要不还是告诉伯父伯母吧，不告诉的话，似乎有很多事情没办法做。"

程荑的脸渐渐红了："什么呀……"

沈迟不再逗她，看向程荑说："事务所有一个项目要收尾，需要我回去几天。"

程荑点了点头："嗯，知道了。"

沈迟问她："要不要一起回去几天？"

程荑笑着拒绝了。

沈迟一回到公司,就被何延塞了一堆待处理的文件,以及一系列待批复的项目。何延瞧见他乐不思蜀的模样:"你可算是回来了,我还以为你要把事务所全权交给我了。"

沈迟接过文件往楼上走:"也不是不可以。"

"怎么?还真打算不回来了?"何延乐了,"帕岛的风光这么好,上次你不也是迫不及待要回国吗?看来爱情的力量还是伟大。"

沈迟不置可否:"要不你怎么还在锲而不舍地相亲呢?"

何延觉得自己作为事务所合伙人之一,真的有被冒犯到:"我跟你说啊,你再这样一刀子给我,我可要再给你一些项目,让你连帕岛都去不了。"

闻言,沈迟轻笑出声。

沈迟回国一周,项目向前推进时遇到不少问题,时间又推迟了几天。等到完全解决时,已经是半个月后了,他回了大院一趟后,直接去了机场。

帕岛酒店顶层的套房内,服务员把行李箱放在客厅后离开。姜一淑站在窗前,往远处的海边看了看:"怎么给我们订在这里了?"

程荑眼神躲避,而后慢慢踱步到姜女士面前,老实答道:"其实吧,是沈迟给你们订的。"

"沈迟,他来找你了?"姜一淑一副看透了一切的眼神。

"嗯。"

姜一淑一脸严肃,正色道:"他人呢?晚上一起吃个饭。"

程荑说:"他最近回国忙工作了,晚几天才回来。"

姜一淑瞥她一眼："那你怎么想的，要跟着他回国？之前不是还说很喜欢这里，这几年不打算回去吗？"

程荑愣了愣，她还没思考过这个问题。

"我没想过。"程荑搂住姜一淑的胳膊，"姜女士，你和我爸还是先倒时差吧，我的事情我自己会解决的。"

程荑从电梯里出来，一边看手机，一边往大厅走，手机响起来，是沈迟打来的。两周没见，程荑握着手机没有说话，只听见沈迟笑了笑："在哪里？"

平日里低沉的嗓音此时格外温柔，程荑也弯起嘴角跟着笑："刚把我爸妈他们接到酒店安顿好……我刚才不小心提起了你。"

"嗯，那不刚好，晚上一起吃个饭。"沈迟声音里带着笑意。

"晚上？"程荑四处看了看，"你回来了？"

"嗯。现在在回咖啡馆的路上。"

挂断电话后，程荑跑出酒店。只是一段时间没见，想念却像疯长的藤蔓一样。她快步回到咖啡馆，沈迟刚好站在咖啡馆门前。

"你怎么没让我去接你？"

"舍不得。"

沈迟拎着行李箱上楼，打开房门后，回头说："坐了十几个小时的飞机，有点累。"

程荑抬头看他。

沈迟关上了房门，将行李箱放在房门后面，右手落在程荑肩膀上："陪我睡一会儿。"

沈迟在飞机上一直在处理文件，是真的累了，微微搂着程荑躺在床上，他很快就睡了过去。

程荑原本并不困，躺在床上盯着沈迟的眉眼。帕岛的下午安静舒适，窗外吹进来的海风有着适宜的温度，没一会儿，程荑也缓缓睡去。

她醒来的时候，身上盖上了一条薄薄的被子，沈迟的手搭在她的腰上。海风吹起窗边轻薄的窗帘，阳光从掀起的窗帘一角透进来，傍晚温柔的光线让整个房间蒙上了一层淡淡的光辉。

程荑伸手抚了一下沈迟的眉眼，又在他眉毛微蹙的时候收回了手。然而下一秒，手却被沈迟抓住。

沈迟这时也醒过来，程荑眨了眨眼，很小声地说："吵醒你了？"

"没有。"沈迟笑了笑，"起床吧，等会儿和伯父伯母一起吃饭。"

程荑坐起身，哀号道："真的要吃饭啊？"

"和你爸妈吃饭，你紧张什么？"沈迟好笑道。

程荑道："我是怕我妈说什么，毕竟我们之前分开过……"

沈迟耸耸肩："只要你坚定地站在我这边，你妈妈应该不会对我这位还算合格的女婿怎么样吧？"

半小时后，几个人坐在了酒店一层的餐厅里。程伟立仍然和沈迟乐呵呵聊天，程荑也在用眼神示意姜女士不要说什么过分的话。好在姜一淑只是谢谢沈迟安排了房间，而后几个人便安静地吃饭了。

酒足饭饱后，程伟立已经开始托付程荑的终身了。他拍了拍沈迟的肩膀："虽然不知道你和小荑发生了什么，但是既然再次走到了一起，那就不要辜负，两个人一定要好好的。"

走出酒店，两人沿着沙滩往回走，饶是沈迟的神色没有太多变化，程荑也看出了他脚步有些虚浮。她上前扶着沈迟，沈迟就不走了，双手搭在她的肩上,与她面对面。

被月光铺满的海面和沈迟的双眸一样温柔。沈迟声音缓缓:"以后换我喜欢你,会很喜欢你的。"

刚刚在餐桌上,姜一淑确实没为难沈迟,却是掏心掏肺地说了一大段话。

"从小就没听她说过喜欢什么人,就是小时候总吵着要去游泳,长大了就没见她嚷嚷着想要什么了。当时她非要去Ａ大,后来我才知道是去找你的。我们小萸是真的喜欢你,不然为了不被她爸爸管教,那时早就跑到国外上学了。

"和你结婚,也是答应你之后才通知我们的。后来的事情就不说了,现在你们又在一起了,挺不容易的,那就好好在一起。你别看小萸自己跑来这里,她本质上还是一个贪玩的小孩儿,你也要多包容她啊。"

程萸鼻子一酸。

她拉住沈迟的手,在沈迟微怔时,踮起脚搂住沈迟的脖子:"我们一定要好好在一起。"

沈迟低头看向她眼中细碎的星光,轻轻"嗯"了一声。

姜女士待了一周就走了,临走之前又问程萸打算什么时候回国。程萸表示回去一定会好好思考这件事情,但是摸上浮潜装备时,立刻又忘记了。

程萸还有不少潜水教学的课程,白天的时候经常不在。沈迟好像也是一天比一天更忙,很多个晚上都在进行视频会议。

八月份的时候,程萸在潜水教学时遇到了事故。一行人驾驶的船航行时遇到风暴,被困在了海上。风暴直到深夜才停止,程萸在返回途中手机有了信号才给沈迟打去电话。

担心着的沈迟早已在海边等她。程荑下船的时候,腿还是软的,她瞥见沈迟不悦的神色,被沈迟背回了咖啡馆。

沈迟带着她上楼,直接去了自己的房间,而后又下楼拜托 Blake 拿了药箱。程荑的膝盖上有几处很明显的伤痕,是她在风暴里不小心倒在船上划伤的。

沈迟敛了神色,拿起棉签,蘸了些药水,轻轻涂抹在伤口上。

程荑嘶一声,攥紧了手指,她偷偷瞄两眼沈迟。沈迟薄唇抿成一条线,看起来并不太开心,手下的动作却很温柔。

最后涂抹上一层药,沈迟把药瓶放进医药箱,随后走去浴室里洗手。

程荑往浴室里看了一眼,随后撑着胳膊从沙发上起身,单脚跳着往浴室里走去。沈迟洗完手出来,见状连忙上前一步扶着她。

程荑低头一笑,搂住了沈迟的脖子:"你不开心吗?"

沈迟表情有一丝松动,程荑单脚撑着,轻声说:"我的腿很累。"

她拉着沈迟要在沙发上坐下,沈迟看她蹦着往前走,嘴角忍不住有了笑意,搂着她让她坐在了沙发上。

触到程荑狡黠的眼神,沈迟才又冷声道:"今天晚上,很危险。"

"这个啊……没什么的,我之前也经常晚上出海,类似的事情也碰到过。只不过今晚回来得比较晚。"这句话说完,谁知道沈迟的脸色越发不好,她便识趣地不说了。

程荑屈着一条腿,手指轻轻扯了下沈迟的衣角。

沈迟叹了口气道:"今晚伤口不要碰水。"

程荑又伸手碰了碰他的掌心,被沈迟一把握住。手心的温热在皮肤间蔓延。

"以后会小心的。"

沈迟把她送到房间，关门的间隙，程荑还在扶着门笑。此时经过走廊要到尽头卧室的 Jane 突然停下来，盯着两个人调侃道："你们俩干脆睡在同一个房间好了，就不用这么缠绵地告别了。"

于是程荑砰的一声关上了门。

被突然关在门外的沈迟摸了摸鼻子，摇了摇头，转身回了自己房间。

周末的时候，沈迟带程荑去了新租的房子。房子是一栋白色的矮屋，院子里有芭蕉树，有白色又宽大的桌椅。早晨是被鸟鸣声吵醒的，窗外阳光很好，程荑坐在绿荫下，整理着最近拍的照片。

曾经合作过的出版社一直有在发行一本旅行杂志，有位编辑也一直在做海岛栏目，想让程荑持续供稿，程荑挑选了几张发过去。

编辑很快就回了微信："感谢你在截稿日之前救我小命。"

程荑笑了笑："还想要什么样的图片和我说，我这两天去拍，拍到好看的也会发给你的。"

Jane 打算和一伙伴去更远的海中潜水，经过小院前扒着门框问程荑是否愿意一同前去，程荑立刻答应了。她敲了敲沈迟的房门："我要去和 Jane 潜水几天，周六的时候回来。"

沈迟暂停视频会议，看着她兴奋的样子，无奈地笑了笑："记得注意安全。"

恰好沈迟也会回国开几天会，两人便因此分别几天。

同行的一行人都是潜水爱好者，几乎每一天都在船上漂流，心情好了就跳下去潜水，累的时候就躺在船上晒太阳。

Jane 业余做 Ins 视频博主，几年下来攒了六位数的粉丝。程荑最初到帕岛时，她经常拍程萸的潜水视频以及游玩视频，国外的粉丝们也爱上了来自中国的、笑容明媚的程萸。后来程萸也注册了账号，每周更新一段 Vlog 视频，几个月下来，也有了五位数的粉丝。

现在程萸潜水，多数时间会带上小型摄影装备，幽深寂静的海底，于她来说，是另一个五光十色的世界。畅游呼吸的生命，深蓝的海底，她喜欢同别人分享这些视频。

潜水之行一直进行得格外顺利，最后一天时程萸却在潜水的时候腿抽筋了。同行的男孩子见状立刻带着她往海面上上浮，两个人艰难地上船之后，程萸只觉得耳鸣头昏。最后 Jane 放心不过，还是带她去了医院。

程萸在医院待了两天，医生做完检查只说让她短时间内不要潜水，程萸乖乖点头遵守。从医院走出来时，正是傍晚，铺天盖地的落日余晖，远处的海面泛着一层金光。

程萸张开双臂感叹："这样的傍晚，真的太适合潜水了，好可惜啊。"

Jane 碰了碰她的肩膀，示意她看向另一边。澄澈天光，海风吹拂，原本应该在国内的沈迟此刻站在医院门外的树下，白色衬衣干净无比，他的视线直直地望过来。

只是一瞬间的眼神交汇，程萸却敏锐地感觉到沈迟的心情并不好。她能猜到原因——他是在担心自己。

一旁的 Jane 还在花痴，不停地感叹："中国男人真的都这么帅气吗？我是不是应该抛弃达林，然后去找一个中国的男孩子谈恋爱啊！啊，还是算了，达林还是挺好的，而且他调的酒真的很好喝。"

程萸哭笑不得，Jane 和她告别后先离开，程萸踱步走到沈迟身边。在医院待了两天，她脸色还有些苍白，沈迟有些生气。

"上车吧。"

"哦……"

沈迟回到客厅处理文件，安静的气氛一直持续，程萸也只好坐在客厅里处理视频。晚上 Jane 叫上她去聚餐，程萸看了沈迟一眼，本打算叫上他，想了想之后还是离开了。

沙滩上都是熟悉的人，音乐声震耳欲聋，年轻人都兴奋地嚷嚷着。程萸坐在沙滩上，手指抓起了几个贝壳，手机提示音响起——

沈迟："医生说这两天不要喝酒。"

程萸愉悦一笑，回复道："你一会儿来接我好不好？"

沈迟很快地回了一个"嗯"。

程萸自动地把这一个字理解成——我虽然刚才很生气，但是现在已经完全不生气了。

所以她早早地站在了路边，沈迟的车在她面前停下，他从车上下来时，身后的人群开始起哄。大家都知道，漂亮的中国女孩程萸最近在和帅气的中国男人恋爱。

虽然没有如胶似漆，但仍然令人羡慕。

程萸站在沈迟面前，邀功似的说："我今晚没喝酒。"

沈迟不语，看了她一会儿，转身上了车。

半夜下起了雨，程萸被淋漓的雨声吵醒，不耐烦地翻了翻身，她最近有些失眠。

房门外传来声音，她皱了皱眉，起身打开门，看到客厅里灯光明亮，沈迟正在关窗。

沈迟手臂上淋了一些雨，他回过头看着卧室门口的程萸。她穿着淡绿色的吊带睡衣，皮肤白皙，整个人小小的，皱着眉头。

还有一扇窗户没关,晚风透进来有点刺骨,沈迟收回视线,要去关上窗,感觉到腰间伸过来一双小手,身后温热柔软的触感让人怎么也忽略不了。

他手臂僵了一下,扶在窗上一时没有动。

细细的雨从窗外飘进来,环在沈迟腰间的手臂上也落上了雨滴,沈迟这才关上了窗。因为她潜水遇到的危险而生的气,在此刻消失不见。

他转过身,拿过纸巾把她手臂上的雨滴仔细地擦干净。

程荑手指抓住他胳膊,声音放软:"沈迟,你是不是生气太久了?你再生气,我就真的不哄了。"

沈迟嘴角闪过一抹微不可察的笑,他说:"你好像也没有哄我吧。"

程荑站直身体:"是你一直不理我。从医院出来的时候,你心情就不太好。"

雨夜里,她的声音里带着孩子气,沈迟哑然失笑,最后坦诚道:"是,当时很生气,第一次你被困在船上,第二次进了医院,我会很担心。如果你再去潜水,不知道会发生什么事情。"

程荑听完小声说:"这两次只是意外,以后不会了。"

"但我会担心。"

沈迟转身往卧室走,程荑跟上去,随着他去了卧室。她把门关上,后背贴在门上,嘴角的笑容渐渐放大:"我就知道你是担心我。"

沈迟看她一眼,眼神宠溺。

身上沾了雨水,沈迟去浴室里洗澡。程荑原本只是想等沈迟出来,后来坐在床上就睡着了。于是走出浴室正在擦拭头发的沈迟就看到程荑手中抓着被子一角,躺在床上,占据了很小的一部分,睡得安稳。

他笑了笑,明明刚才他去浴室前,还听见她说:"最近失眠,反正也睡不着,我在你房间待一会儿吧。"这会儿却已经睡着了。

　　床头灯发出微弱的光,沈迟把毛巾放在椅子上,随后走到床头,小心地搂着她调整了位置,又把被子盖在她身上,才走到另一侧躺下。

　　一夜好眠。程萸醒来的时候舒适地眨眨眼,最近莫名其妙的失眠折磨得她很痛苦,昨晚却睡得安稳。直到伸胳膊时不小心打到一旁的沈迟,她才找到难得好眠的原因。

　　所以她昨晚是直接睡在了沈迟的房间?

　　沈迟醒来,视线落在她困惑的脸上,看穿她此时的思考,声音带着睡醒后的沙哑:"昨晚我洗澡出来的时候,你就已经睡着了。"

　　"……"

　　程萸眨眨眼,笑着道:"那什么,失眠的人,确实比较容易主动。"

　　沈迟略微思索,而后唇线弯了弯,似笑非笑道:"主动什么了?"

　　言外之意——并没有感受到你的主动。

　　对于温柔的沈迟,程萸向来没有任何抵抗力。她在沈迟说完之后,伸出手搂住了他,一瞬后放开:"好了,鉴于你的语气有些遗憾,那我就勉为其难地弥补一下。"

　　沈迟眉目含笑。

　　而在半小时后,在干净清新的空气中,被沈迟搂着亲吻时,沈迟身体力行地用行动向程萸证明了他的遗憾。

　　或许,还不仅仅是这些。

　　程萸看着他的眼神,略微喘着气说:"等会儿不是还要去酒店吗?"

　　沈迟在岛上的这段时间也并不是完全清闲,除了忙着事务所的项目,还接了帕岛一家酒店的建筑设计。

　　近年帕岛旅游业发达,不少商人瞅准了商机,各种店铺相继建起,好在有了政府的管辖，虽然店铺较多但并不杂乱，有序且好看。

酒店是连锁的，设计项目是早就敲定好的，起初团建时便是为了考察。本来项目是何延负责，后来沈迟来了帕岛，两人就交换了手头的项目。

酒店已经建成，仅仅两层，从远处望去，似是一个玻璃酒店，走近了看，才发现原来是用特殊材质搭建的。酒店中央是巨大的露天泳池，无论从哪个房间都可以轻松地走过去，更完美的是，无论哪个房间，都可以看到蔚蓝色的海洋。

酒店刚刚开放入住，房间没有订满，酒店经理为沈迟留出了一个房间连续一个月的入住权。

程茵住进房间的第一件事便是下楼游泳，沈迟正要说什么，她连忙解释："不是潜水，我想去游泳。"

"好，我陪你去。"

程茵心血来潮，要和沈迟比赛游泳，她信誓旦旦说要赢他，谁知道游了三个来回还是落后沈迟许多。

程茵停下来，摘掉泳镜后，抹了一把脸，瞥见沈迟眉眼里的笑意。

帕岛的日子安逸，程茵沐浴在午后的阳光里，只想到了四个字：乐不思蜀。

米璐给她打电话："我说，你到底还要不要回来了？想当初我不辞辛苦来北城陪你，现在你就把我一个人留在这里了？"

"你确定是为了我去北城的？"程茵慢悠悠道，"算了，我也不打算拆穿你了。北城太无聊的话，你要不要考虑来帕岛玩一段时间？"

"我也没有很无聊。"米璐紧跟时代潮流，前段时间开了一家传媒公司，专注于培养有潜力的各类博主。陈桉美其名曰做优良投资，负担了大部分的资金投入。

程荽八卦道："知道了，忙着谈恋爱，忙着工作，然后还忙着谈恋爱。"

"你以为我是你吗？"

"所以你和陈桉还没有在一起？"

米璐笑了笑："是的。"

程荽挂断电话，生出一种陈桉有一点点可怜的错觉。

不，这不是错觉。

是事实。

用助理的话来说,老板陈桉最近像是一只被丢弃的哈士奇,有点儿惨。以至于助理最近的工作堆积成山,老板却像是要丢下公司一样,把所有精力都用在刚投资的新公司上。

陈桉开着骚气的红色跑车停在米璐公司楼下,摘下墨镜往里走。前台同他打招呼,早已经默认陈桉为公司的另一位老板。

陈桉站在米璐办公室门前敲门,听到办公室内传来的声音:"请进。"

米璐见是他,又低下头在电脑上敲敲打打。她最近忙疯了,事情一件接一件,俨然把办公室当成了第二个家。

陈桉在她办公室坐下,环顾了一下干净的办公室,以及桌面上堆起的文件:"不用这么冷酷无情吧,用完就扔了?"

"……"

这句话显然不是什么好话,米璐脸颊有点热,她抬起头:"你不用忙工作吗?"

陈桉义正词严:"作为你公司的股东之一,我有义务监督公司的运营。"

米璐咳一声:"盈利情况的话,财务那边一个月会向你汇报一次。"

"那不知道老板有没有空陪投资方吃一顿饭呢?"

米璐双手合十,目光不离屏幕:"这几天是真的很忙,周末一定请你吃饭,地方任你挑。"

陈桉恨得牙痒痒，偏又拿她没办法，在米璐匆匆出办公室拿文件又回来后，将她抵在门上："那不如去你家？"

陈桉离得实在太近了，一股荷尔蒙气息扑面而来，米璐咽了咽口水，迟疑道："可以啊，但是也要等周末。"

陈桉从米璐办公室离开的时候，突然间觉得自己的行为还真的像是某种求欢的动物，而米璐则高冷地拒绝了他。

周末下午，米璐一直坐在办公室处理工作，临到傍晚才想起和陈桉说的要吃饭的事情，她连忙打去了电话，谁知道陈桉却没有接。

她反思自己这段时间，似乎是对陈桉太冷漠了一些，但是转念一想，两个人的关系不明了，保持着不远不近的距离也挺好。

虽然她知道，她根本抑制不住想靠近他的心情。

无论如何，这顿饭还是要吃，米璐打不通电话，径直去了陈桉的公寓。站在公寓前，米璐摁了摁门铃，几分钟后陈桉才打开门。

他明显刚洗完澡，因为此时他正赤裸着上身，腰腹部有很清晰的几块腹肌。

米璐冒出来一句话："所有敲你门的人，都是这个待遇吗？"

"知道我公寓地址的没几个人，所以你是唯一一个。"陈桉耸耸肩。

米璐进了门，闻着淡淡的沐浴露香味，发觉陈桉用的是和自己同一个牌子的沐浴露。她吸了吸鼻子，嘴角翘起。

陈桉给她端了一杯水："你怎么过来了？"

"不是说好今晚吃饭的吗？"米璐抱歉道，"我今天忙着工作，忘记了，现在负荆请罪，说吧，你想吃什么？"

"好啊，等我一下。"陈桉回房间换上了衣服，而后拿起玄关柜上的钥匙，"走吧，出去吃。"

米璐这段时间一直忙工作,没有时间思考两个人的关系。不久后的一个周末,米璐的母亲打来电话,说她朋友的儿子恰好要去北城出差,顺便让他帮忙带了东西,让米璐接待一下。

米璐挂断电话圈下了时间,腹诽着,现在这年代,寄快递可比人工带货方便多了,自家母亲什么心思她早就明白了。

母亲朋友的儿子叫韩述,米璐开车去机场接他。韩述订的酒店就在米璐公司附近,两个人直接去了附近的餐厅吃饭。

韩述很有涵养,聊起天来也不逾距,偶尔问起她公司的事情,还会提出来更好的思路。一顿饭吃得很开心,以至于饭后甜点的时候,正在减肥的米璐忍不住吃了一整块蛋糕。

远处有人走过来,陈桉在米璐桌前站定。

韩述笑着问:"这位是?"

米璐愣了愣,想介绍一下,却发现陈桉的脸色并不是很好,她语气微顿:"这是我朋友……"

一旁的陈桉扯过椅子在她旁边坐下:"你好,我是米璐的男朋友,陈桉。"

"你好。"韩述闻言也愣了愣,介绍自己的名字,"韩述。"

等到送韩述离开后,米璐问陈桉:"你什么意思?"

陈桉摊开手耸了耸肩:"就你听到的意思。"

"男朋友吗?"

陈桉对于这个称呼还有些陌生,他沉默了片刻:"不可以吗?"

米璐因为这片刻的沉默,无所谓地笑了笑:"算了吧。"

陈桉起身跟在米璐身后:"什么叫算了?"

米璐拎着包往停车场走:"没事啊,你又不是很情愿的样子。"

莫名其妙被扣了一口锅，陈桉站在她车前："不情愿的是你不是我，我已经说出来了，有什么不情愿的。"

米璐打开车门，作势要坐进车里："那你知道男朋友是什么吗？是像我们现在这样没名没分的就共处一室？"

陈桉强势地坐上驾驶座，让米璐坐在了副驾驶座，顺手帮她扯上了安全带："每天在楼下等你下班，每天早晨送你去公司，不开心的时候安慰你，开心的时候陪你闹。只要你想要的时候，我都会在。"

"你觉得我做得不好吗？"陈桉一副不放过她的表情，"还是你觉得我每天来找你，只是为了……"

米璐打断他："我也没说什么啊！"

车开出停车场，走在路上，米璐才反应过来不是自己家的方向，她看向陈桉："要去哪里？"

陈桉没好气道："去我家。"

"……"

第二天早晨七点半，闹钟准时响起，米璐动了动身子，将搂住自己的男人往后推了一下，捞出胳膊拿起闹钟看了一眼。

陈桉被折腾醒，眯了眯眼，胳膊搂住米璐，将她揽在自己怀中："要不要答应，答应的话，我考虑起床给你做个早餐。"

地上响起一声不太清脆的声音。

很好，闹钟砸在地上，彻底不响了。

米璐坐起身："其实我不吃早餐也可以的。"

陈桉咬咬牙，起身简单洗漱后，就往厨房走："面包和牛奶可以吗？现在只有这个。"

"都行。"米璐应声之后去了浴室里洗漱,而后站在镜子前面扎了下头发。

陈桉简单做好了早餐,走到卧室门前叫道:"出来吃早餐了。"

"没有化妆品,今天没有办法化妆了。"米璐身上穿着陈桉让助理买来的衣服,是一件粉色的短裙。她看了一眼衣服品牌,是自己经常穿的牌子。

"不用化妆也很好看。"陈桉看她一眼,在餐桌边坐下。

只是不知道助理是如何从御姐品牌里挑出来了一件这么……可爱的衣服。米璐发誓,自从高中毕业,她就再没穿过这个颜色的衣服了。

"这件衣服是我挑的,喜欢吗?"正在吃早餐的陈桉及时地解答了她的困惑。

行,米璐觉得自己有必要改变一下陈桉的审美了。

米璐正胡思乱想着,看了一眼手表,胡乱吃了两口后,就起身要走:"时间不早了,我得去公司了。"

陈桉给她拿了一盒牛奶,也穿上西装要下楼送她:"没记错的话,你应该是老板啊?"

米璐回头笑了笑:"不能辜负你的钱啊!"

到了公司楼下,米璐要下车,陈桉抓着她的胳膊追问道:"你要不要同意?"

米璐猝不及防搂住他的脖子,吻了一下后放开,然后打开车门,在走下车之前,轻声说:"同意了。顺便今晚要接我下班哦!"

没有撒娇的语气,却听出了撒娇的意味,陈桉笑了笑:"中午也要一起吃饭,我过来找你!"

不能去潜水的日子，程荑和Jane精心经营着Ins，粉丝增长的速度比两个人想象中更快。程荑埋头剪视频，不知不觉时间又已过去许久。

帕岛永远是夏天，国内却已经到了秋天。

程荑一直以为米璐和陈桉正在恋爱中，谁知道在暮夏结束后的初秋，米璐通知程荑说他们即将订婚了。程荑立刻订了飞机票，带着沈迟一同回去。

程荑坐在靠窗的位置，窗外云层翻卷，她兴奋地抓住了沈迟的胳膊，语气是掩饰不住的激动："我还是不敢相信，米璐竟然要订婚了，而且是和陈桉。"

沈迟笑着揉了揉她的脑袋："是真的。"

北城的秋季，微风中泛着凉意。程荑裹起薄薄的风衣，和沈迟一起回了公寓。公寓和她离开时没有什么变化，沈迟只说另一间房间没有清洁，把她的行李箱拿到了他的卧室里。

程荑站在窗前笑，缓缓走向沈迟。

沈迟搂着她揉了揉她的脑袋，垂眼看她："今晚要不要一起回家吃饭？"

程荑猛地挣开："回大院吗？"

沈迟挑眉，静静看着拉开的距离，在思考是把她重新捞回来，还是等她愧疚心发作主动抱上自己。

下一秒，程荑往前走了两步，重新抓住他的手："不是，我是说，好像会有点儿尴尬欸？"

她和沈迟分开的事情，梁梅一定是知道的，她还没想好要怎么解释，如果今晚就回去吃饭的话……

程荑看了一眼沈迟，确信他没生气，试图再撒娇一下推掉晚上回大院吃饭的事情。

谁知沈迟好笑地看着她:"之前的事情,我没有和她说。"

没有说?

程荑低下了头,喃喃道:"我们分开的事情,梁阿姨不知道吗?"

沈迟点了点头,这是他的固执,他那时候已经存了要去找她的心思的。他以前只想放她自由,后来她的喜欢让他想把她永远留在自己身边。

程荑终于点了点头:"那晚上一起去吧。"

程荑不知道沈迟和梁梅说了什么,梁梅只当程荑这段时间是去了帕岛游玩,见到她的时候仍然很热情。沈父指着满满的一桌菜,笑着说:"你妈从下午的时候就开始给你们张罗饭菜了,都是她自己做的。"

饭后,程荑去厨房帮忙收拾,梁梅笑着问她:"这下回来的话,应该就不走了吧?"

程荑不知道怎么回答:"嗯……还没决定好呢。"

从大院出来,程荑带着礼物独自去了米璐的公寓,和米璐聊了一会儿后,她订了半个月后回帕岛的机票。米璐敷着面膜躺在沙发上:"你还准备回去啊?要我说就不要走了吧。"

程荑坐在沙发上,闷闷地说:"我也不知道啊,但我现在不太想回来。"

米璐耸耸肩:"按理说,你开心就好,不过你也要想想沈迟啊。"

程荑点了点头:"嗯,先不说我的事情了,话说你和陈桉怎么这么快就决定订婚了?"

米璐坐起身,一把拿掉面膜:"是陈桉提起的,我就同意了。"

程荑手机响起,她看了一眼微信,是沈迟发来的消息。

沈迟:在楼下等你。

米璐凑过去看了一眼:"啧,好像我家很危险一样,来我这里怎么啦?"

程荑收起手机:"好啦,礼物我也送到了,那我就走了,订婚快乐。"

秋意渐浓,夜色微凉,沈迟穿着黑色的风衣站在外面,程荑搓了搓手跑过去:"好像有一点点冷。"

程荑本想把手插在他风衣兜中,沈迟却敞开风衣直接把她裹进了怀里。大大的风衣包裹着,程荑仰起头看他:"是要演电视剧吗?"

沈迟低头看她:"女主角还满意吗?"

程荑靠在他的胸口:"嗯,十分满意。"

沈迟家算是一个大家族,程荑曾经在过年的时候去过沈家的家族聚会。沈迟的祖母很喜欢她,上次去的时候塞给她几件珍藏的饰品。

这天是沈迟祖母的寿辰,程荑和沈迟早早地就出门了。房子是古朴的四合院,门口已经停了不少车,沈迟把车停下后,拎着手中的礼品往院里走。

祖母坐在房间中央,身边围了一群小孩,见到程荑后立刻招了招手让她过去。程荑回头看沈迟,沈迟摸了下她的脑袋:"去吧。"

祖母不容程荑推拒,又往她手上套了一个玉镯。细细的手腕上戴上了绿色的玉镯,她举起手臂晃了晃给沈迟看,站在人群中的沈迟看过来,眉眼含笑。

"婶婶!"

程荧刚站起身,就听见一个稚嫩的声音,乐乐张开胖乎乎的双臂,快步朝她跑过来。

程荧低下头,看着抱着自己双腿的乐乐。

"婶婶,我好想你呀!"

程荧蹲下去,回抱着他:"我也想你。"

沈至和妻子伊薇走过来和程荧打招呼。程荧站起身,手还被乐乐抓着。沈迟也走过来,捏了捏乐乐的脸蛋。

乐乐瞪着眼睛:"叔叔,我已经是大孩子了,不能捏我的脸了。"

沈迟嗤笑一声,蹲下身和他平视:"才四岁,就已经是大孩子了吗?"

"嗯!我已经可以保护女孩子了!"乐乐最近很喜欢幼儿园的一个小女孩,整天跟在人家身后,模仿大人语气说:"糯糯,我会保护你的。"

程荧乐不可支,和乐乐玩了好一会儿,到了中午,才随沈迟去了晚上要睡的房间。

房间在二楼走廊的尽头,沈迟拉上窗帘:"要不要午睡?"

程荧一直有午睡的习惯。

她摇了摇头:"今天就不睡了吧,楼下人太多了,我们稍微休息一会儿还是下去吧。"

沈迟淡淡道:"没关系,睡吧,不碍事的。"

等程荧午觉睡醒,她在昏暗的房间里伸了伸懒腰,才发现沈迟一直在房间里陪着她,在她身侧睡着了。程荧轻轻翻了下身,用手指描绘着沈迟的眉眼,正要翻身下床时,被沈迟一把搂住。

"睡好了?"

沈迟微微一笑，看着她，程荑不自觉地脸红了，胡乱嗯了一声。

两个人下楼的时候，被人调侃道："你们看看现在的年轻人，都如胶似漆，感情好得不得了啊！"

程荑还是喜欢害羞，一下子就红了脸。

晚宴开始得很早，程荑和沈迟坐在一起。乐乐拉着爸妈坐在了她旁边，程荑低头给乐乐夹菜。

伊薇哭笑不得，笑着看乐乐："刚才还说不要人照顾，这会儿怎么这么麻烦你婶婶。"

乐乐低头扒饭："因为我喜欢婶婶。"

伊薇看向程荑，笑道："真是麻烦你了。"

程荑又给乐乐夹了两根青菜放在碗里："乐乐很可爱。"

"我说沈迟啊，小荑这么喜欢孩子，你们也赶紧要个孩子吧。"沈迟姑姑看着这个画面，开口说道。

程荑闻言噎了一下，沈迟只是淡淡笑道："不急。"

饭后，乐乐抓住程荑的衣袖："婶婶，如果你也有小宝宝了，我是不是就有小妹妹了？那我也会保护她的！"

程荑摸了下他的脑袋："谢谢乐乐。"

程荑直觉自己再和别人聊下去，就会一直听到关于孩子的话题，所以偷偷溜到了沈迟那边。沈迟没有和别人一起喝酒，正在客厅一角和沈至聊天。

见她走过来，沈至笑了笑离开了。

程荑抓着沈迟的手："我还是待在你这里吧。"

沈迟笑着看她："不喜欢和她们聊天？"

"不是，是没有太多话题可以聊……"

沈迟想了一会儿："这里离我初中很近,要不要带你去看看?"

"好啊!"

两个人是步行走过去的。

因为是晚上,校园里空无一人,只有零星的路灯在亮着,沈迟同门卫聊了两句,门卫把门打开放行。经过报刊栏时,程荑竟然看到了沈迟的照片,栏目主题是优秀的学长学姐。

程荑起了心思："学长?"

沈迟站在她身侧："你叫我什么?"

程荑歪着脑袋："如果小时候我没有回江市,是不是就有机会叫你学长了?说不定还能看到学姐们给你递情书。"

"情书有没有无所谓,但是想想那些年你不在身边,是有些遗憾。"路灯在他身上铺上温柔的光,"要不你多叫几声学长弥补一下?"

"想得美。"

两人就在校园里闲逛,沈迟问她："我好像听妈说过,你那时收过不少情书。好像有一个男孩子,每天放学都会护送你回家……"

姜女士还真是……知无不言。

程荑说："是啊,还是个帅哥学霸。"

沈迟不言语,笑着看她,程荑就说不下去了。管她当时遇到多少帅哥呢,她现在觉得,那时就算是以一个陌生的身份遇上沈迟,她也一定会喜欢上他的。

程荑快步超过沈迟,踏上台阶站定："学长,我很喜欢你,你能和我谈个恋爱吗?"

沈迟单手插兜,平视着她："早恋吗?那我可要想想。"

程荑故意叹气一声："我要去发个帖子——'暗恋的学长不答应

我的表白，我要怎么办？'"

沈迟笑着走向她："学长给你的建议是，那你就再表白一次。"

程荑摆摆手："算了，既然不能早恋，我还是好好学习吧，学习才不会辜负我。"

沈迟走到她面前："学长后悔了，现在表白还有用吗？"

"唔，那我可要考虑一下。"

沈迟突然开口："我爱你。"

程荑抬头，望进他深邃的眼睛，说："好巧啊，我也爱你。"

乐乐在院里跑来跑去地找程荑，程荑和沈迟从学校回来刚进门，就又被乐乐抱了个满怀。沈迟一把抱起乐乐："怎么这么黏着你婶婶。"

乐乐趴在沈迟耳边，悄悄说道："婶婶和糯糯一样漂亮，如果婶婶喜欢我的话，糯糯肯定也会喜欢我。"

沈迟冷不丁笑道："你作业做完了吗？"

乐乐两只手张开："写完了！而且我考试考了一百分哦！"

程荑站在一旁，看着沈迟和乐乐开心地说话。乐乐突然从沈迟怀里探出来，笑着叫："烟花！"

程荑闻言看过去，院中央摆着几个烟花，大家都稍稍往后避让，程荑踮了踮脚往前看。烟花升上天空，炸开大大的一朵，程荑正仰头看着，身后沈迟走上来，牵住她的手。

她的手微凉，被沈迟握住。

所有人散开后，程荑原本打算要回房间，却被沈迟领着去了院子的角落。

一侧的窗台上有几盒仙女棒，沈迟伸手拿过来，打开一盒递给她。

程荑开心地抽出来几根："你怎么知道这个还剩下了？"

沈迟看着她把仙女棒点燃："突然想起来小时候，你拿着几盒这个找我，想让我帮你点燃。"

程荑一下子想起了，有一年过年，大院的大人们都在程荑家的客厅里打麻将，她独自抱着几盒仙女棒去找了沈迟。

沈迟正坐在儿童桌边拼乐高，就感觉到一只小手抓住了自己的睡衣一角。他看过去，程荑把仙女棒递给他，想让他帮忙点燃。

沈迟起身，问道："这是什么？"

"仙女棒。"

高冷的沈迟哥哥一听到仙女两个字就不愿意帮忙了，不管程荑怎么叫他的名字，他都面无表情，最后还是程荑的哭声大到把大人引过来，她才如愿。

程荑想起这件幼时趣事，笑着说："沈迟哥哥，你小时候真的很高冷，那时候都没有小孩陪着你玩。"

沈迟假装叹口气："但是那个时候，总有人跟在我身后，赶都赶不走。"

"……"

程荑挥了一下仙女棒，假装没有听到沈迟说的话。正在客厅里闹着不想去睡觉的乐乐跑出来，看着程荑手中的仙女棒，踮脚从窗台上拿起了一根。

沈至走出来把乐乐抱起来："走了，该回去睡觉了。"

"不要，我要在这里和婶婶玩。"乐乐满身都是抗拒。

"可是你叔叔和婶婶也要回房间睡觉的。"伊薇温柔地说道。

"不要！"

沈至强行抱走乐乐,看似安抚地说道:"你还想不想要一个小妹妹了!"

"……"

"……"

程荑沉默了片刻,拍了下手:"我们也回房间吧?"

夜色浓重,两个人回了房间,沈迟见程荑洗澡出来,把敞开的窗户关上。

"这两天,我们回江市一趟。"

程荑的头发还是湿漉漉的,正在满屋子寻找吹风机,她闻言愣了愣:"回江市做什么?我妈给你打电话了?"

沈迟拿过毛巾给她擦头发:"回家商量一下结婚的事情。"

程荑忽地抬头看他:"你在说……什么呀,是我理解的意思吗?"

沈迟好笑地看着她:"是你理解的意思。"

程荑想起来沈迟没有签字的离婚协议书,顿了顿才说道:"我们现在不是已经……所以没有那个必要了吧?"

沈迟说:"想给你一个盛大的婚礼。"

程荑摸了下头发,又放下手,觉得无所适从,再次抓了抓头发。

沈迟已经算好了时间:"周六怎么样?我订机票。"

程荑已经陷入了"你说什么就是什么"的暂时短路状态,她点了点头,过了好一会儿才说:"我们真的要举办婚礼?"

沈迟笑着点了点头:"你不愿意?"

"愿意!"

周六两个人回了江市,这次在江市住的时间久了一些,程荑也把回帕岛的时间延期了。两人住在了程荑的房间,从别墅搬到公寓,程荑的东西原封不动地搬了过来。说起来,沈迟是第一次住在她的房间。

　　院子里的花开得鲜艳,程荑和沈迟坐在长椅上喝酒。酒是姜一淑自己酿的梅子酒,酸酸甜甜的,如同这几年的心情。

　　有时,沈迟会和程伟立一起下棋。程伟立也不再像几年前,想要让程荑按照他想象中的道路往前走,现在只说她开心便好,想做的事情要抓紧时间去做,不要白白辜负了时光。

　　晚上回到房间,程荑看到沈迟正在看自己高中时期的照片。照片中的她留着半长不短的头发,穿着蓝白相间的校服,拍照姿势是万年不变的剪刀手。

　　程荑羞涩地捂了捂脸。

　　沈迟合上了相册,把相册放在桌子上:"这本相册带回去吧?"

　　"才不要,好羞啊。"程荑打开一看,自己都忍不住笑出声,最后她放回抽屉里,怎么也不让沈迟看了。

　　江市被两个人游玩了个遍,两个人都带着相机,程荑拍 Vlog,沈迟对着建筑驻足。

　　回到北城后,程荑径直去了米璐的公司。

　　"什么,举办婚礼?"米璐惊讶地问。

　　程荑笑了笑:"时间定在你们订婚之后,结婚之前。"

　　米璐翻了个白眼:"你是想让我做伴娘吧?"

　　程荑点了点头:"不是说未婚的才可以做伴娘吗?所以我要征用你啦。"

　　米璐喷一声,算是答应她了,但是又打算坑一笔:"这样的话,我结婚的时候就要另找伴娘了,你打算怎么补偿我?"

程荚道:"想要什么直说吧!"

米璐笑了笑:"这位知名 Vlog 博主,半只脚踏进网红圈的美女,要不要签约我的公司啊!"

程荚正在喝水,差点呛着:"怎么着,打算把我打造成网红啊?"

"也不是不可以。"米璐笑了笑,"也没有啦,旅行 Vlog 博主怎么样?你总不会一直待在帕岛吧?以我对你的了解,我觉得你正在做从帕岛回来的打算。"

程荚笑了笑:"你还真是太了解我了。"

米璐的订婚典礼在两天后。

订婚典礼的场地选得出其不意,程荚沿着长长的台阶往二楼走,经过了许多台阶,才走到楼上。在妆发间看到米璐时,程荚猛喝了一口水:"答应我,结婚的场地就不要选择这个了好吗,我保证你从一楼走到二楼,辛苦打扮的妆容就会不见的。"

"这个城堡……是我好不容易租来的,你竟然嫌弃。"米璐抛了个媚眼看过来,"其实是有电梯的。"

"再见!"程荚愤愤地说。

米璐向来拒绝"温柔""可爱"诸如此类的字眼,然而订婚典礼上,程荚却频频看到或温柔或可爱或娇羞的米璐。尤其是看到米璐在订婚典礼结束后,换上了一套粉红色的敬酒礼服时,程荚笑得乐不可支。

米璐摸了一把头发:"鉴于日子比较特殊,还是满足一下陈桉的少女心吧。"

陈桉穿着整齐的西装走过来,程荚看着站在一起的两个人,由衷地说:"你们在一起,真是太好了。"

米璐忍不住上前搂住她。

陈桉摸了摸鼻子:"程荑,今天可是我订婚啊,你让米璐一直抱着你算什么?"

程荑摊了摊手:"这说明什么?说明你魅力还是不够大。"

米璐松开了手,拉着陈桉往前走,继续去其他桌敬酒。米璐雷厉风行,陈桉任劳任怨,看起来无比和谐。

一群人闹得很欢乐,出来的时候也很晚了。程荑和沈迟沿着街道往回走,路途遥远,她却并不觉得累。

人人都得偿所愿,再没有比这更幸福的事情了。

她刚刚参加了最好的朋友的订婚典礼,走在身侧的人是她最爱的人,这一晚星光璀璨,月光倾覆,风儿轻拂,她感觉到时光的温柔。

沈迟和程荑的婚礼定在三个月后。

时间还长,加上帕岛还有两组学员的潜水教学,程荑便先回了帕岛。沈迟在国内还有项目要忙,程荑就没让沈迟一起,独自飞回了帕岛。

院子里的树更葱郁了一些,Jane抱着一堆椰子送到她家。程荑喝着椰子,躺在躺椅上和沈迟开视频电话。

何延推开门时,沈迟正对着电脑屏幕笑。用何延的话来形容,只有三个字——没眼看。

光影晃动,程荑的笑容明媚。

关掉视频后,沈迟靠着椅子后背,把几张设计图递给何延:"设计图已经好了,我打包发去了,明天开会,之后我暂时不接项目了。"

"等等,你不接项目准备干吗?回家养老啊?这不是还没到三十岁吗,沈工你这就不行了?"何延接过设计图翻着看了看。

"准备回帕岛，结婚，度蜜月。"沈迟轻飘飘说出这句话来，最后又跟着说了一句，"这些你好像都没有，理解不了也正常。"

何延嘿的一声："不要刺激我，好吗？虽然我现在还是单身，但是说不好爱情就从天而降，没准比你还先结婚呢？没记错的话，你可是三个月后才办婚礼吧。"

"那伴郎的话，我就另找人了。"沈迟淡淡道。

何延就差跪下了："别，我西装已经备好了，就等着你的婚礼上爱情从天而降了。"

沈迟笑了下："这半年先不接项目了，就当我去学习了。不过带组的话是可以的，远程沟通就好。"

何延耸耸肩："行，如果遇到比较不错的项目的话，我再找你。"

"嗯。"

原本已经打算好，沈迟飞去帕岛的计划却在一周后被迫暂停。梁梅在家晕倒，沈父和她一起去医院时，沈迟也匆忙赶去医院。

这一年梁梅的头总是会时不时地疼痛，今天也是突如其来的一阵疼，晕倒在卧室里。一番检查下来，医生给出的建议还是动手术。

只是动手术后也不能保证彻底治愈，只能最大程度地减少后续的风险。沈迟在医院里忙前忙后，程莤知道的时候已经快要进行手术了。

沈迟和沈父都不大方便陪床，在医院陪床的人就变成了连忙赶回来的程莤。手术后是一个月漫长的住院期，等到出院那天，程莤都瘦了一圈，看得梁梅心疼不已。

婚礼因此推迟了一段时间，程莤和梁梅回大院的两天后，订了回帕岛的机票。沈迟只以为她忙着回帕岛工作，开车送她去了机场。

站在机场里，沈迟在她额头上落下一吻："过几天我去找你。"

"不用了。"程荑忙说,"你先处理这里的事情就好,不用着急。"

机场里人来人往,临到安检的时候,沈迟一直在身后看着她。程荑在安检前回头,又跑过去抱了抱他,沈迟好笑地看着她:"怎么了?不然我现在订票和你一起去好不好。"

程荑笑了笑,踮起脚吻他:"我先走了。"

她在心里默默地说——

下次再见面的时候,就不是你来找我了。这次换你等我,等我回来就好啦!

海水从海岸线上涨上来，冲上白沙滩，又渐渐消退，只余下冲湿的沙子。程荑换上潜水装备，缓慢地向下潜。

在岸上的时候，人只想无限地向上走，似乎是想试试自己的极限究竟在哪里，也想知道究竟能抵达多远的地方。而当人身处海底，却只想往下潜，无限地向下，想知道自己能不能窥探到更多。程荑与海水置于一处，在往深处潜时遇到一只小鲸鱼，她同它游玩了一会儿，终于决定上浮。

傍晚的海洋，海鸥成群地飞到海面上，扑棱着翅膀又飞走。

程荑走去咖啡馆，Blake 刚调好一杯咖啡，见到她后，做了鲸鱼的拉花。程荑端起咖啡，笑着说了谢谢。

Jane 推门走过来抱住她："荑，你真的要走啦？"

程荑点了点头："课程也结束了，我不打算再接别的课程了。房子的话等我回去你们再帮忙转租就好。"

Jane 撇撇嘴："不要说得像你再也不会回来一样，你以后还会再回来吧？"

"当然，会回来玩的。"程荑抱了抱她。

Jane 还是不开心，好不容易遇到一个合得来的伙伴，现在她却要离开了。

"你不是一直想去中国吗？我婚礼的时候，记得要来哦，我带你在北城玩。"

程荑在咖啡馆待到晚上才回到了小院里，她收拾好行李箱，躺在秋千上，轻轻地想：帕岛，谢谢你，再见啦。

站在机场里，程荑给沈迟打电话，她听出来沈迟周围的声音嘈杂，隐约还有催促乘客登机的提示。

她皱了皱眉："沈迟，你在哪里？"

沈迟拿着机票往前走："准备去找你，怎么了？"

"你别。"程荑已经在排队安检，"我今天回北城，现在开始登机了，等会儿就要挂电话了，你记得到时候来接我啊。"

挂了电话，程荑带着行李箱往飞机上走，坐上飞机便戴上了眼罩，安心地开始十几个小时的旅程。

沈迟拿着登机牌停在原地，他笑了笑，转身回到车上，他坐在驾驶座上，好一会儿才发动车子。

到达北城的时候是半夜，程荑深呼一口气，拿回托运的行李，拖着几个行李箱往外走。

大厅里零星的接机人员里，程荑一眼就看到站在人群中的沈迟。

她笑着小跑过去，隔着护栏抱了抱沈迟。

沈迟接过她的行李，把身上的外套脱下来披在她身上，一只手搂着她往机场外走。程荑坐上车就打了个哈欠，止不住地困。

飞机上睡得并不安稳，下飞机的时候也是腰酸背疼，沈迟摸了摸她的脑袋，将车开得平稳而飞快。程荑在副驾驶座睡去，沈迟抱着她上楼，坐在卧室的床边，略微笨拙地给她卸了淡妆，又擦了擦脸。

程荑一觉睡到第二天中午，她摸了摸枕边的手机，想起自己已经回到了北城。她眯着眼往外面走，在厨房里看到了沈迟。

她从身后搂着沈迟："以后再去帕岛的话，就是旅游了。其实我还有一点儿舍不得呢。"

她在身后随意地说着,沈迟就安静地听着。程蒴说完就自顾自去洗漱,站在镜子前用凉水扑了脸,才清醒了一点。她刚回到厨房门口,就被沈迟抱住了。

程蒴在强势的吻里闭上了眼,停下来的时候,她说:"我知道你现在一定很喜欢我,我会让你之后更喜欢我的。"

沈迟将她抱得紧紧的:"你要想留在帕岛,我们就回去。"

"晚了。"程蒴嘻嘻笑,"我已经让 Jane 帮忙把房子转租了,我们再去的话,就没有地方住了。"

程蒴说完自己先笑了:"我觉得北城也挺好的,我打算去米璐公司发展一下另一个职业。"

沈迟只是看着她,眼中的喜欢像要溢出来。也是在程蒴身上,他才真真切切地明白,那种深情原来是存在的。

想把所有的爱都给一个人。

接下来的一整个月,程蒴和沈迟仔细地设计着婚礼的细节,所有事情,事无巨细地都经过两个人的决定。

说是两个人,其实就是程蒴大佬一样躺在柔软的地毯上,脑袋枕着沈迟的腿,翻着各种宣传册,然后敲定想要的东西,其他事情则全部交给沈迟去做。

程蒴拿起水果盘中的车厘子,给沈迟喂了一颗。沈迟把她捞起来:"婚礼请柬,你要不要来写几个名字?"

"写。"程蒴坐起身,和沈迟面对面坐着,认认真真地写字。

沈迟嘴角弯起好看的弧度,程蒴原本正在仔细署名,不小心看到他的笑之后,手一抖,名字最后一笔画出长长的一道。

程茵举起来请柬,控诉沈迟:"你刚才是不是……故意……勾引我,让我分神。"

沈迟挑挑眉:"你可以以其人之道,还治其人之身,勾引回来……"

程茵哼了一声,而后把写毁的请柬拿起来放在一旁:"这张就留着好了,以此来警告我自己,不能随随便便被你迷惑。"

"晚了。"沈迟微微勾唇,走去客厅端了两杯水回来。

请柬写到一半,程茵揉了揉酸痛的手腕,把笔放在一边:"我还是下午再写吧。"

沈迟走到她身后,微微俯身,是将她圈在怀里的姿势,然后握着她的手写下程茵的名字。程茵将请柬拿起来看了一遍,不可思议地问道:"你怎么模仿出了我的字迹?"

沈迟挑挑眉:"你来贿赂我一下,我可以考虑帮你写完。"

程茵趴在矮桌上:"不要,还是我自己来写,这样比较有意义。"

沈迟坐在她旁边:"那还是我来贿赂你吧,你来帮我写几个名字。"

"你想要拿什么贿赂我?"程茵抬头看他,"我才不会轻易被你迷惑的。"

沈迟微微倾身过去:"想清楚再说话。"随后,吻上她的唇。

婚礼前夜,许航等人意欲将沈迟从公寓里拉出来,享受最后的单身派对,谁知道沈迟本人直接挂断了电话表示拒绝。

许航和张云先去了沈迟的公寓,沈迟出来开门,一本正经地穿着白衬衫。许航扬眉笑了笑,进去推开卧室的门,果不其然看到沈迟卧室里一件干净整齐的西装。

敢情沈迟不愿意参加单身派对,是在家里试新郎服呢。

许航和张云先笑了大概几分钟，对着新郎服拍了一张照片，打算永久保存，在之后的每一年都适当拿出来调侃沈迟。

许航说："沈迟，你高冷人设不保啊。"

张云先补了一句："你说他自从遇见程荑之后，人设哪儿还有过。"

而和米璐待在酒店的程荑却过得十分舒服，和化妆师约定明天早晨的妆发时间后，打算早早睡觉。

程荑眯着眼："我困了，明天还要应付一天的事情，我得赶紧睡觉了，不然我觉得我明天会体力不支，晕倒在现场。"

米璐白了她一眼："你睡吧，明天你就好好做你的新娘，万事有我。"

程荑抱了她一下，转身就睡了过去。

程荑想得没错，从早晨开始，房间里就开始兵荒马乱。从起床到后来等到沈迟来的时间里，程荑滴水未进，完全是一副任人摆布的状态。

门外一阵响声，米璐坐起身："我们这边人还不少，你说要怎么才能刁难住他们呢？"

程荑闻言抬头，米璐已经在想法子了："俯卧撑，问问题，还是干脆要钱啊？程荑，你觉得呢？"

程荑呵一声："门外站的可是我的人，我可是想你直接放他进来呢。"

米璐正要嫌弃程荑，却听见几个男人的声音接连响起。

"俯卧撑我可是在做了，要求做几百个？"

"想好要问的问题了吗？是打算问沈迟的感情史，还是打算问沈迟记不记得程荑的生日，还有两人的各种纪念日？"

"还有钱，你们看一下门缝，数量合不合适？"

"……"

米璐沉默了,眼看着一张张钱从门缝里塞进来,就要完完全全堵住门缝时,她看向了程荑:"准备好了吗?"

程荑这才紧张起来,这一个月来对婚礼的期盼在此时全部化成了紧张。她仔细地盯着镜子里面的人,生怕妆容有一丝不完美的地方。

心跳声随着敲门的声音变得越来越大,整颗心几乎就要跳出来。米璐走过来抓住程荑的手,发现她手凉得骇人。米璐给她搓了一会儿,才笑着:"做好准备的话,我就开门了。"

程荑又看向镜子,确认没有不妥之后,才点了点头。米璐把门打开,在门外一群人的欢呼声里,程荑看着沈迟一步步朝她走过来。

直到握住她冰凉的手指。

程荑知道,再过一会儿,他的左手和她的右手都会套上一枚戒指,那不是束缚,而是永远的、深深的喜欢。

是她愿意,也甘愿付出同等分量的喜欢。

是她看过漫天星光,遥望过深海万里之后,更愿意停留,愿意抵达的远方。

蜜月旅行选择了帕岛。

倒不是说找不到别的地方了,纯粹是程荑太喜欢这里了。再次住进先前的房子中时,程荑才知道沈迟早早地就签下了房子的永久使用权。

沈迟朝她伸手:"以后每年冬天,在北城觉得冷的话,我们就来这里。"

"那我就可以潜水了。"触及沈迟的目光,程荑的声音弱了一些,

"我会更加小心的。"

来到帕岛的第一天,程荑和沈迟在房间里休息,调整时差。程荑翻来覆去睡不着,想悄悄下床去潜水,被沈迟抱住后又老实地躺回床上。

她对上沈迟的目光,嘻嘻笑着回抱他,脑子里还满是不真实感:"沈迟,我们怎么就已经举办完婚礼了呢?"

窗外满眼蓝色,沈迟看着她:"既然都举办完婚礼了,你是不是就应该改一下称呼了?"

"称呼?"程荑愣愣地看着他,蓦地想到正确答案,闭了闭眼睛,打算回避沈迟的问题。

"还是睡觉吧,我好像是有点儿困了。"程荑眯了眯眼,手指抓了抓沈迟的掌心,而后嘴角弯了弯。

"好吧,睡吧。"沈迟并不强求,宠溺地拍了拍她的背。

谁知道过了十几分钟,程荑也没有丝毫的困意。

她听着沈迟平稳的呼吸声,以为他已经熟睡,又抓了抓他的掌心,嘟囔一句:"说睡就睡,这才刚结婚,就已经不照顾我了。"

沈迟睁开眼睛,好笑地看着她:"是不是睡不着?"

程荑诚实地点了点头:"原来你没睡着啊……"

"睡不着的话,那不如我们就做些别的事情吧。"沈迟拿起遥控,将窗帘拉起,房间里陷入昏暗,却能看清彼此的眉眼。

程荑笑了笑,一双眼睛看着沈迟:"什么别的事情?"

沈迟没有答话,可眼中的情绪灼热,分分钟将她淹没。

海风吹拂,海水扑打岩石,海鸥飞来又飞走,一切都不留痕迹,却又都留下痕迹。

如同喜欢。

如同爱。

如同你我分别又遇见的那些年。

一切,都在最终得到圆满。

我们,都得偿所愿。

1.

0621。

6月21日是程荑多年之后再次遇到沈迟的日子。

她还记得那天喷泉的池水在阳光下折射出来的彩虹,记得站在喷泉旁边的沈迟,记得他若有似无的笑。

于是那一天就成了特殊的存在。

帕岛的傍晚,晚霞像漂亮的绸布一样铺在天空上,各种各样的色彩汇在一起,程荑伸手抓了抓悄悄升起的月亮。

月亮挂在淡蓝色的天空上,是银色的。

程荑笑着看向沈迟:"后来我总是会想,能再次遇见你,真的是太好了。"

沈迟握住她的手,与她十指相扣:"嗯,我也是这么想的。"

"你怎么想的啊?"程荑故意问,让高岭之花开口说情话,是程荑乐此不疲的事情。

"能再次遇见你,很好。"

沈迟说道。

程荑再次看向天空,晚霞已经消退,月光盈盈。真好呀!

2.

程荑清理房间时,翻出来箱子里的几张照片。

她想起沈迟曾经说过要做的建筑模型，拿着照片去了书房。她本是气势汹汹地想要质问沈迟，却在看到戴着眼镜的沈迟时停下了脚步。

一见到沈迟，心跳就会加快的反应，好像总是好不了。

沈迟偶尔会在工作的时候戴眼镜，现在也是。

沈迟微微勾唇，起身朝她走过去："无聊了？"

程蒐将照片背在身后，顾左右而言他："没有。"

沈迟抱住她，将照片从她手中拿出来，然后轻轻笑了。

后来，照片上的几个建筑模型，沈迟都原封不动地做了出来，放在新购置的房子里。模型细致又好看。

"你怎么偷偷瞒着我做出来了？"

"其实在很久以前就做出来了，只是在你离开的时候，还没来得及给你。"他说得云淡风轻，又在心里说了一句：

在你以为我不曾喜欢你的时候，我就已经很喜欢你了。

3.

对于许航和张云先这种大龄单身黄金男青年来说，被沈迟撒的"狗粮"虐到已经是家常便饭。

而这种情况，连结婚了的杨一都无法避免。

每周五晚上，是这群人的例行聚会，但是沈迟已经接连几周没有出席了。当然，沈迟也并没有在加班。

往常拿办公室当家的沈迟已经消失了，取而代之的是，每天早早回家的沈迟。

许航在群里发消息："@沈迟，人呢？"

过了一会儿，沈迟回复道："回家。"

许航："一周七天，这家还不够你回的吗？"

沈迟："如果你们也有一个可爱的妻子在家里等着的话，你们也会很想回家的。"

许航："哦！"

张云先："哦！"

杨一："哦！"

经常性不出现的许末愤愤地敲了一行字："@杨一，限你半小时内，滚回家。"

极少出现的程茵也发了一条消息："我已经和沈迟说过了，但是沈迟非要回家，其实我也想要自己独处的时间呢。"

夫妻同心，其利虐狗。

沈迟随后还发了一个萌萌的表情包，许航和张云先忍不住骂出了声："这个男人，撒起狗粮来实在不像人！"

那边的许末发了一个迷之微笑的表情："@杨一，十五分钟，谢谢。"

于是被刺激到的许航，第二天就开始相亲了。

4.

程茵拍摄Vlog视频时，总是会在最后几秒说一句话，多数时间说的都是——今天也很喜欢你哦！

沈迟坐在办公室里，将她的视频翻来覆去看了几遍，怎么看都觉得，听到这句话的时候有点不舒服。

嗯，是吃醋的感觉。

虽然程茵经常说，她的粉丝都是青春无敌美少女。

某天清晨,沈迟冷不丁地问:"我觉得你视频的最后一句,还应该再排练排练。"

"啊?"

"语气不够饱满,情感不够充沛。"

程荑弯了眼睛,笑着问:"还有吗?"

他又接着说:"好像确实不够充沛,'今天也很喜欢你'听起来太短暂了,要不要改成'每一天都很喜欢你'?"

沈迟看过来,程荑就踮起脚,搂着他的脖子:"没有对象可排练怎么办,只能让你陪我了。"

她眉眼弯弯。

沈迟也如愿以偿。

于是,程荑接着说了好多遍——

"每一天,都很喜欢你。"